AF198251

DARK PLACES

Ken Bruen

Saubermann

Aus dem Englischen von Karen Witthuhn
Herausgegeben von Jürgen Ruckh

Polar Verlag

Originaltitel: A White Arrest
Copyright: A WHITE ARREST © 1998 by Ken Bruen

Deutsche Erstausgabe, 2. Auflage 2023
Aus dem Englischen von Karen Witthuhn
Mit einem Nachwort von Alf Mayer

© 2021 Polar Verlag e. K., Stuttgart
www.polar-verlag.de

Redaktion: Tobias Schuhmacher-Hernández, Alexander März
Umschlaggestaltung: Britta Kuhlmann
Coverfoto: © alexkoral/Adobe Stock
Autorenfoto: © Ken Bruen
Satz/Layout: Martina Stolzmann
Gesetzt aus Adobe Garamond PostScript, InDesign
Druck und Bindung: Nørhaven, Agerlandsvej 3, 8800 Viborg, DK
Printed in Denmark 2023

ISBN: 978-3-948392-28-4

Für Michael Burt

Eine Saubermann-Verhaftung: Der Karrierehöhepunkt eines jeden Polizisten.

Sir Robert Peel

Das große Ding, das den ganzen anderen Scheiß auswetzt.

Detective Sergeant Brant

R & B wurden sie genannt. Wenn Chief Inspector Roberts den Rhythmus gab, dann war Brant der dunkelste Blues.

Oder ignorant wie ein Schwein, wie es auch hieß.

Auf Roberts' Schreibtisch standen ein Telefon, ein Familienfoto, eine bronzene Inschrift auf Holz mit dem Text:

Am Ostermontag 1901 ging der Missionar James Charmers auf der Goaribari-Insel vor der Südküste von Neuguinea von Bord, um die Bewohner zum Christentum zu bekehren. Die Goas liefen ihm entgegen, prügelten ihn bewusstlos, schnitten ihn in kleine Stücke, kochten und aßen ihn noch am selben Nachmittag.

Mehr braucht man für die Arbeit als Polizist nicht zu wissen, meinte er.

WPC Falls sann über den Doughnut nach, der wie ein fettgewordener Tadel neben ihrem Kaffee thronte. Eine Kollegin kam an und sagte: »Tja, das ist mal eine süße Versuchung.«

»Hi, Rosie.«

»Hi. Und, isst du ihn?«

Sie wusste es nicht, sagte: »Weiß nicht.«

Falls war der feuchte Traum des Reviers. Zumindest hoffte sie das. Knapp über eins siebzig groß und eher rund als plump, aber es stand ihr. Ihr Anblick rief die

Adjektive des Entzückens auf: üppig, reif, drall, verfügbar. Das letzte in hoffnungsvollem Neon.

Sie lachte, lüstern und wissend.

Rosie sagte: »Was?«

»Kennst du Andrews?«

»Aus Brixton?«

»Ja, der. Ich hab ihm gestern Abend die alte Leier vorgespielt – du weißt ja, was Männer alles für einen Scheiß glauben.«

Rosie lachte, fragte:

»Etwa, ›für Frauen ist Sex was Spirituelles, ficken und Fliege machen geht nicht‹?«

Falls lachte laut, war gut drauf, die Geschichte im Selbstlauf.

»Ja, ich hab ihm erklärt, dass wir emotional involviert sein müssen. Der Doofkopp hat's geschluckt.«

Sie nahm ein weiteres Stück Doughnut, ihr Blick tanzte vor Zuckerglück, und schoss dann den Vogel ab:

»Schlimmer noch – er hat mir geglaubt, dass Größe nicht zählt.«

Rosie bemühte sich, nicht zu laut zu lachen. In einer Kantine voller Männer galt Frauengelächter als Bedrohung. Sie hielt Daumen und Zeigefinger hoch, maß einen halben Zentimeter ab, fragte: »Schon mal gesehen?«

Falls kreischte.

»Du hast ihn auch gehabt, du schamlose Kuh.«

»Na, er war schnell, das muss man ihm lassen.«

Falls schob ihr den Rest Doughnut zu, sagte: »Da wir uns schon kleinere Dinge geteilt haben ...«

WPC Falls' Locken waren fast dykeartig kurz geschnitten. Das betonte die dunklen Augen. Die Stupsnase ließ sie eifrig wirken, und der schmale Mund bewahrte sie vor wahrer Schönheit. Ihr größter Makel und ewiger Fluch waren ihre Beine. Plötzlich ernst sagte sie:

»Ich musste zweiunddreißig werden, um zu kapieren, dass, wenn mein Dad sagte: ›Ich bring mich um und die Kleine gleich mit‹ – das war keine Liebe, sondern Suffgerede.«

»Lebt er noch, dein Dad?«

»Manchmal, aber nie am Wochenende.«

»Klingt wie mein Jack. Seit er entlassen wurde, kann er nicht mehr gerade stehen.«

»Das stärkere Geschlecht, hm?«

»Glauben sie.«

Rosie konnte für ihr Aussehen dankbar sein. Sie sah dankbar aus, wenn jemand sie ansah. Was nicht viele taten, nicht mal Jack.

Leroy Baker war ein Weichei. Nach der fünften Line Koks brüllte er: »Ar … ch … rr. Fuck!«

Dann stampfte er in dem LA-Sneaker mit dem schlackernden Schnürsenkel auf dem Boden auf und fügte hinzu: »Der Scheiß ist gut.«

Er sah sich um. Seine Wohnung war voll von teurem Krempel. Leroy hatte bergeweise Kohle. Das Drogenbusiness blühte, und er fand, es schadete nicht, das Produkt zu testen, das war gut fürs Geschäft. Dass er inzwischen hoffnungslos süchtig war, entging ihm.

Er sagte immer: »Gut fürs Hirn – in diesem Geschäft muss man klar im Kopf bleiben.«

Das Hämmern an der Tür drang zunächst nicht durch. Das Koksgehämmer seines Herzens machte ihn taub. Als die Angeln nachgaben und die Tür bebte, stutzte er. Dann flog die Tür auf, und vier Männer stürzten herein. Er bekam die Overalls und Sturmhauben halb mit, konzentrierte sich aber auf die Schläger – Baseballschläger.

Sie waren das Letzte, das er scharf sah.

Zwanzig Minuten später baumelte er mit gebrochenem Genick an einer Laterne. Um seinen Hals hing ein weißes Plakat mit den Worten:

E – ENDE.

Leroy war der Erste.

Ein Stück die Straße runter verriet ein einsamer LA-Sneaker, aus welcher Richtung man ihn hierher geschleift hatte. Als die »E«-Story durchbrach, kam das Gerücht auf, einer aus der Mördergang hätte bei der Arbeit gepfiffen. Und zwar angeblich »Leaning on a Lamppost at the Corner of the Street«.

Wie bei so vielem anderen, was danach kam, steckten Wunschdenken und Abscheu mit drin – die beiden Grundvoraussetzungen für maximale Publicity.

Eine Arbeiterseele

Roberts nahm den Hörer ab:

»Chief Inspector.«

Er bekam nie genug von dem Titel.

»John? John, bist du das?«

»Ja, Liebes.«

»Du klingst aber furchtbar förmlich, ganz der Wichtigtuer.«

Er versuchte, die Ruhe zu bewahren, stierte den Hörer an, atmete tief durch und fragte: »Ist irgendwas?«

»Kannst du die Sachen von der Reinigung abholen?«

»Hol sie selber ab!«

Er legte auf, hob wieder ab und drückte eine Zahl.

»Ja, Sir?«

»Ich bekam gerade einen Anruf von meiner Frau.«

»Oh, tut mir leid, Sir, sie meinte, es wäre dringend.«

»Stellen Sie sie niemals durch. Habe ich mich neulich unklar ausgedrückt?«

»Unklar, Sir?«

»Hat es mir an Bestimmtheit gemangelt? Habe ich vielleicht dem Zweifel irgendeinen Spielraum gelassen, der zu dem Schluss verleiten könnte: ›Manchmal ist es in Ordnung, das Miststück durchzustellen‹?«

»Nein, Sir – tut mir leid, Sir. Kommt nicht wieder vor.«

»Machen wir kein großes Ding draus. Sollte es wieder vorkommen, haben Sie die nächsten Jahre mit den Pennern an der Railton Road zu tun. Und jetzt verpissen Sie sich.«

Er trat hinter dem Schreibtisch hervor und betrachtete sich in einem halbhohen Spiegel. In einer Ecke hing ein Foto des ehemaligen englischen Cricketcaptains Mike Atherton. Darunter stand:

IT'S NOT CRICKET.

Doppelsinnig, soll heißen: Das Leben ist nicht fair.

Roberts war zweiundsechzig und sah zu voller Größe aufgerichtet beeindruckend aus. In letzter Zeit fiel ihm das immer schwerer. Die Schwerkraft tippte ihm auf die Schultern. Flüsterte ihm »alt« ins Ohr.

Sein Körper war muskulös, aber er musste etwas dafür tun. Mehr als er wollte. Der volle Haarschopf war stahlgrau, und die Tönung lockte – aber noch war es nicht so weit. Braune Augen, die niemals sanft blickten, und eine römische Nase. Er sagte täglich: »Ich hasse diese Scheißnase.« Die Kopfnuss eines Besoffenen hatte sie schief gelegt, was nach versauter OP aussah. Laut seiner Frau war sein Mund unauffällig, bis er ihn aufmachte, dann war er hässlich. Er fand perversen Gefallen daran.

Jetzt drückte er die Gegensprechanlage und bellte: »Holen Sie mir Falls.«

»Ähm ...«

»Sind Sie taub?«

»Tut mir leid, Sir, ich weiß nicht, wo sie sich rumtummelt.«

»Wo sie sich rumtummelt? Was ist das hier? Eine Scheißkommune? Sie sind Polizist, gehen Sie los und finden Sie sie, und zwar sofort, und lassen Sie mich für alle Ewigkeiten in Ruhe mit Ihrem Hippiescheiß.«

»Ja, Sir.«

Fünf Minuten später klopfte es, und Falls trat ein, zog ihre Uniformjacke gerade, Krümel rieselten zu Boden. Beide schauten ihnen nach. Er sagte:

»Einem reichen Kerl vom Teller geklaut?«

Sie lächelte. »Wohl kaum, Sir.«

»Ich habe einen Job für Sie.«

»Ja, Sir?«

Er kramte in seinem Schreibtisch herum, brachte ein paar rosa Schnipsel zum Vorschein, warf sie ihr hin.

Sie sagte: »Reinigungszettel?«

»Sehr gut, holen Sie das in der Mittagspause ab, ja?«

Sie ließ sie liegen, sagte: »Eher nicht, Sir – ich meine, es gehört nicht zu meiner Stellenbeschreibung, mich als Kammerzofe zu betätigen.«

Er warf ihr einen empörten Blick zu.

»Herrgott, Sie können doch nicht ernsthaft wollen, dass ich das abhole? Wie würde das denn aussehen? Ein Mann meines Rangs dackelt in eine Reinigung?«

»Bei allem Respekt, Sir, ich –«

Er schnitt sie ab.

»Wenn ich Ihnen gewogen bleiben soll, Liebchen, gehen Sie mir nicht auf den Sack.«

Sie zog in Betracht, ihre Würde zu verteidigen, für

den Feminismus einzustehen, ihm respektvoll zu sagen, er könne sie am Arsch lecken, und dachte dann: ja, klar.

Hob die Schnipsel auf, sagte: »Ich brauche Geld.«

»Brauchen wir das nicht alle, Liebchen – wo ist Brant?«

Später: Roberts hatte gerade sein Auto abgestellt und war ausgestiegen, als ein Mann aus dem Schatten trat. Ein großer Mann. Er platzte aus seinem Trainingsanzug und bestand aus nichts als Muskeln.

Er sagte: »Ich brauche mal dein Geld, Kumpel, und wahrscheinlich auch deine Uhr, wenn die kein Billigscheiß ist.«

Roberts war so müde und sagte: »Würde es einen Unterschied machen zu wissen, dass ich Polizist bin?«

»Keinen großen. Ich bitte die Leute schon den ganzen Tag um Geld, und zwar freundlich, und sie behandeln mich wie Dreck. Jetzt ist Schluss mit lustig. Her damit, Kumpel.«

»Okay, wie Sie sehen, bin ich kein Jungspund, und fit bin ich zu gar nichts mehr, aber ich habe eine echt fiese Ader. Sie werden mir zweifelsohne sehr wehtun, aber ich verspreche Ihnen, das kriegen Sie zurück.«

Der Mann überlegte, trat einen Schritt vor, spie dann: »Ach, scheiß drauf, vergiss es. Okay.«

»Vergessen. Nein. Wohl kaum. Verschwinde aus meinem Revier, Kumpel, du bist nicht zu übersehen.«

Nachdem Roberts gegangen war, dachte der Mann

darüber nach, ihm einen Stein durch die Windschutz-scheibe zu schmeißen oder die Reifen aufzuschlitzen oder irgendeinen anderen Mist. Aber der Scheißkerl würde ihn jagen. Oh ja, ein gnadenloses, eiskaltes Arschloch. Am besten in Ruhe lassen.

Er sagte: »Glück gehabt, Kumpel.«

Wen er meinte, war unklar.

Zu Hause musste sich Roberts erst mal an die Tür lehnen. Seine Beine verwandelten sich in Pudding, er zitterte wie ein Aal. Eine Stimme fragte: »Du hast doch keinen Anfall, oder, Dad?«

Sarah, seine fünfzehnjährige Tochter, eigentlich im Internat, einem so teuren, dass einem das Herz blutete. Und zwar bis zum letzten Tropfen. Er rang um Fassung.

»Was machst du zu Hause, sind schon Ferien?«

»Nein, ich bin suspendiert worden.«

»Was? Weswegen, zum Teufel? Ich brauche einen Drink.«

Er schenkte sich ein anständiges Maß Glenlivet ein, noch ein Schwapper hinterher, trank einen großen Schluck und musterte seine Tochter. Sie stand an jener kostbaren, zeitlosen Schwelle zwischen Mädchen und Frau und liebte und verachtete ihren Vater zu gleichen Teilen. Er sah genauer hin, sagte:

»Gütiger Himmel, hast du da einen Haken in der Lippe?«

»Das ist in, Dad.«

»Verdammt schmerzhaft, würde ich vermuten. Bist du deswegen zu Hause?«

»Natürlich nicht. Mum sagt, ich soll dir nix sagen, ich hab nix gemacht.«

Roberts seufzte. Über ihm schwebte immerzu die dunkle Wolke des finanziellen Ruins, nur damit sie lernte, »nichts« zu sagen.

Er griff zum Telefon, Sarah machte ein Zeichen für »später« und ging nach oben.

»DI Roberts hier. Ja, ich bin zu Hause, und direkt vor meiner eigenen Haustür hat irgendein Typ versucht, mich auszurauben. Was? Wie meinen? Ob ich ihn verhaftet habe? Holen Sie DS Brant und schicken Sie einen Wagen her, die sollen sich den Typen holen. Ein weißer Riese in einem schmuddeligen grünen Trainingsanzug. Das soll Brant übernehmen. Meine Adresse? Ich hoffe sehr, Sie spaßen, Jungchen.« Und er knallte den Hörer auf.

Als oben ein musikalisches Erdbeben losbrach, murmelte er: »Gut.«

Er rannte die Treppe hoch, immer zwei Stufen auf einmal, wie ein Irrer. »Sarah! Sarah! Was ist das für ein grauenhafter Krach?«

»Das ist *Encore Une Fois*, Dad.«

»Was immer das ist, stell es leiser. Sofort!«

Sarah lag auf dem Bett. Überlegte, einen Joint zu riskieren. Lieber nicht, wenigstens bis Mum nach Hause kam.

»Wer zuerst zuschlägt, wird befördert.«
(Detective Sergeant Brant)

Brant beugte sich über den Verdächtigen und fragte: »Hast du schon mal einen Puck im Hals gehabt?«

Der Verdächtige, ein junger Weißer, wusste die Antwort nicht, aber sehr wohl, dass schon die Frage nichts Gutes verhieß.

Brant legte die Hand an die Stirn, sagte: »Ach herrje, wie dumm von mir. Du weißt wahrscheinlich nicht, was das heißt. Da kommen wieder mal meine irischen Wurzeln durch. Lass mich erklären.«

Der Constable an der Tür des Vernehmungsraums wurde nervös. Brant kannte und ignorierte ihn, sagte: »Ein Puck ist –«, und schlug mit der Faust gegen den Adamsapfel des Mannes, der samt Stuhl nach hinten umkippte und seinen Hals umklammerte. Das einzige Geräusch kam vom Stuhl, der auf dem Boden aufschlug.

Brant sagte: »Das. Einmal zeigen ist mehr wert als hundert Worte, hat meine alte Mutter immer gesagt – Gott hab sie selig.«

Der Mann wand sich auf dem Boden und rang nach Luft. Der Constable trat vor, sagte: »Wirklich, Sir, ich –«

»Halt die Fresse.« Brant stellte den Stuhl auf.

»Nimm dir Zeit, Junge, keine Eile, überhaupt keine Eile. Ein paar mehr Pucks und du vergisst völlig die Zeit. Aber jetzt mal eine Auszeit, gönnen wir uns eine schöne Tasse Tee, hm? Wie wär's mit gutem alten Chinagebräu?« Brant setzte sich auf den Stuhl, brachte eine zerknitterte Kippe zum Vorschein, zündete sie an und sagte mit erstickter Stimme: »Herrje, diese Dinger hauen wirklich in die Kehle rein – kennst du das?« Er nahm einen weiteren tödlichen Zug und fragte dann: »Willst du mir vor dem Tee sagen, warum du das Mädchen vergewaltigt hast, oder erst hinterher?«

»Davor«, krächzte der Mann.

Brant war wie ein Pitbull. Man sah ihn und dachte sofort »Kampfhund«. Es passte. Sein Haar war im raschen Rückzug, der Rest kahlrasiert. Dunkle Augen über einer Nase, die mindestens zweimal gebrochen worden war. Ein breiter, sinnlicher Mund, der Vornehmheit andeutete oder sogar Sanftmut. Weder das eine noch das andere traf zu. Er war eins zweiundsiebzig und kräftig gebaut. Was nichts mit Muckibude zu tun hatte, sondern mit schwelender Wut. Nach einem Drink sagte er gern: »Ich bin wütend auf die Welt gekommen, dann ist es schlimmer geworden.«

Zum Detective Sergeant hatte er es durch reine Blutrünstigkeit gebracht. Damit war unwahrscheinlich, dass er in der Metropolitan Police noch weiter aufsteigen würde. Die wollte ihr Schläger-Image ablegen.

Die Anti-Terror-Einheit hatte ihn umworben, aber

der hatte er in einem denkwürdigen Memo mitgeteilt, sie solle sich selbst ficken. Danach liebten ihn die Anti-Terroristen noch mehr. Das war genau ihr Stil.

Vor dem Vernehmungsraum bat der Constable: »Kann ich Sie kurz sprechen, Sir?«

»Mach's kurz, Kleiner.«

»Ich habe das Gefühl, Widerspruch einlegen zu müssen.«

Brant packte den Mann an den Eiern und knurrte: »Fühl das mal! Leg dir ein paar Stahldinger zu, Kleiner, sonst schiebst du Streife in Peckham.«

Falls kam hinzu, sagte: »Ah, alles im Griff.«

»Was willste, Falls?«

»Mr. Roberts sucht Sie.«

Er ließ den Constable los, sagte: »Stör nie wieder meine Vernehmungen. Kapiert, Bürschchen?«

Der CA-Club hatte nichts mit Klamotten zu tun und machte keinerlei Werbung. CA stand für »certain age«, gewisses Alter, gemeint waren Frauen in solchem, nämlich dem, in dem sie wussten, was sie wollten. Und zwar Sex.

Ohne Schnickschnack.

Ohne Ärger.

Ohne Komplikationen.

Roberts' Frau war sechsundvierzig. Laut den einschlägigen Hollywood-Schnulzen hatte eine sechsundvierzigjährige Frau höhere Chancen, von einem Psychopathen gekillt zu werden, als einen neuen Partner zu finden.

Ihre Freundin Penelope hatte ihr diese Weisheit gerade überbracht und sagte jetzt: »Fiona, willst du nicht mal einfach so von einem heißen Kerl flachgelegt werden, ohne Konsequenzen?«

Fiona schenkte Kaffee ein, lachte nervös. Ermutigt drängte Penny: »Willst du nicht wissen, ob schwarze Typen größer sind?«

»Gute Güte, Penny!«

»Natürlich willst du, vor allem, wenn der einzige Schwanz in deinem Leben ein Schlappschwanz ist.«

»So schlimm ist er nicht.«

»Er ist ein aufgeblasenes Arschloch. Komm schon, du hast Geburtstag, ich lade dich in den CA-Club ein. Du hast den Sex deines Lebens, und es kostet dich nichts. Geht auf mich.«

Fiona hatte sich bereits entschieden, wollte aber überredet werden, verführt gar, und fragte: »Ist man da sicher?«

»Sicher? Wenn du sicher willst, kauf dir einen Vibrator. Komm schon, tob dich mal aus, Mädel – die Männer tun's ständig, wir holen nur nach.«

Fiona zögerte, fragte: »Und sind die Männer jung?«

»Alle unter zwanzig und mit himmlischen Sixpacks.«

»Also gut – muss ich was mitnehmen?«

»Deine Phantasie. Lass uns feiern!«

Brant klopfte nicht, rauschte direkt in Roberts' Büro hinein.

»Klopfen Sie nicht?«

»Herrje, Guv, ich war so scharf darauf, Ihrem Ruf zu folgen, dass ich das glatt vergessen hab.«

»Scharf!«

»Ja, wie Senf, Guv.«

»Nennen Sie mich nicht Guv, wir sind hier nicht bei *The Sweeney*.«

»Und Sie sind auch kein Regan, wie? Hier, ich habe einen neuen McBain für Sie.«

Er warf ein eselsohriges Buch auf den Tisch. Es sah aus wie gekaut, gewaschen und geschlagen. Roberts fasste es nicht an, sagte: »Haben Sie das auf dem Klo gefunden?«

»Das ist sein bisher bestes. Keiner kriegt Polizeikrimis so hin wie Ed.«

Roberts beugte sich vor und beäugte den Titel. Er war von einem Fettfleck ausgelöscht. Zumindest hoffte er, dass es sich um Fett handelte. Er sagte: »Sie sollten lieber wen Einheimisches unterstützen, lesen Sie Bill James, den humorvollen Blick auf Polizeiarbeit.«

»Für den Humor, Sir, hab ich Sie – mein Humortrog ist bis zum Anschlag gefüllt.«

Die Beziehung zwischen R und B schien immer einen Schlag entfernt von schlagfertig zu sein. Man hatte das Gefühl, am liebsten würden sie zupacken und sich gegenseitig totprügeln. Was schon passiert war. Die Spannung zwischen den beiden war die Chemie, die sie verband. Man konnte es auch Ko-Abhängigkeit nennen.

Das Telefon klingelte und verschob weitere Triezereien.

Roberts schnappte es sich, und Brant hörte: »Was, eine Laterne? Wo? Wann? Herrgott! Rühren Sie ihn nicht an. Nein! Schneiden Sie ihn nicht runter. Halten Sie die Presse weg. Ach, Scheiße. Wir sind auf dem Weg.« Und er legte auf.

Brant lächelte. »Ärger, Guv?«

»Ein Lynchmord. In Brixton.«

»Nicht Ihr Ernst!«

»Sehe ich aus, als würde ich Witze machen? Und es wurde eine Botschaft hinterlassen.«

»Was? ›Um zwei wieder da‹, so was?«

»Woher zum Geier soll ich das wissen? Gehen wir.«

»Okay, Guv.«

»Was hab ich gesagt, Brant? Hab ich nicht gesagt, Sie sollen das lassen?«

Brant erwiderte: »Vergessen Sie McBain nicht, wir können jede Hilfe brauchen.«

Roberts nahm das Buch, warf es mit einem feinen Überkopfwurf in den Papierkorb und sagte: »Bingo.«

»Mordermittlerarschlöcher«

Als Brant und Roberts in Brixton ankamen, hatte sich schon eine Menschenmenge versammelt. Die gelben Polizeiabsperrungen wurden ignoriert. Roberts rief einen uniformierten Sergeant zu sich, sagte: »Sorgen Sie dafür, dass die Leute wieder hinter die Absperrung kommen.«

»Sie weigern sich, Sir.«

»Mann, sind Sie taub? Bringen Sie sie dazu.«

Der Rechtsmediziner war eingetroffen und betrachtete die baumelnde Leiche mit einem beinahe bewundernden Blick.

Roberts fragte: »Was meinen Sie, Doc?«

»Ertrunken, würde ich sagen.«

Brant lachte laut los und bekam einen Rippenstoß von Roberts.

Der Arzt sagte: »Falls Sie keine Leiter zur Hand haben, würde ich vorschlagen, Sie holen ihn runter.«

Roberts lächelte grimmig, wandte sich an Brant und sagte: »Ihr Job, finde ich.«

Brant grunzte und holte zwei Constables. Mit maximaler Umständlichkeit und viel Lärm hoben sie ihn auf Höhe der Leiche. Ein lautes »Buh« kam aus der Menge, es wurde gerufen:

»Pass auf dein Geld auf, Kumpel.«

»Küsst euch doch.«

»Worauf stehst du denn?«

Als Brant die Schlaufe endlich gelöst hatte, sackte die Leiche ab und landete mit ihm auf den Constables. Weiteres Johlen aus der Menge und ein Haufen Obszönitäten von Brant.

Roberts sagte: »Ich glaub, ihr habt ihn, Männer.«

Während Brant sich bemühte, wieder auf die Beine zu kommen, fragte Roberts: »Irgendwelche Kommentare?«

»Ja, der Scheißer hat sich nicht die Zähne geputzt und garantiert keine Zahnseide benutzt.«

Der Cricketcaptain war gerade in seinem Garten beschäftigt, als Minna vorbeikam, ein bunter Hund in der Gegend und so genannt, weil er ständig von der Polizei rumkutschiert wurde. Er brüllte immer: »Ah, die Polizei, nehmt mich in der grünen Minna mit.« Und so geschah es.

Der Alkohol hatte sein Hirn eher langsam ausgehöhlt als in Brei verwandelt. Norman hatte ihm immer mal was geschenkt, Kohle, Klamotten, Geduld.

Als Minna seinen Saufkumpanen erzählte, er würde den berühmten Captain kennen, hatten sie ihm eins auf die Nase gegeben. Jahrelanger Konsum von Jack, Meth, Franzbranntwein hatte sein Gesicht zu einer Ruine aufgebläht, die Richard Harris einen Schrecken eingejagt hätte.

Er sagte: »Morgen, Cap!«

»Morgen, Minna. Brauchst du irgendwas?«

»Tausche Plausch gegen Rausch, ein paar Kröten für Schnaps, wenn möglich?« Norman hatte einmal miterlebt, wie Minna einer weinenden Frau ein überraschend weißes Taschentuch gegeben hatte. Die an Schüchternheit grenzende Sanftheit, mit der er es ihr hingehalten hatte. Norman steckte ihm das Geld zu, und Minna, dessen Blick ihm vor die Füße fiel, sagte:

»Ich war nicht immer so, Cap.«

»Das weiß ich doch.«

»War schon mal bei den Anonymen Alkis, nette Leute, aber der Jack hat mich im Griff, sie meinten, ich muss mir einen Sponsor besorgen.«

»Einen was?«

»Sponsor, so was wie ein Freund, na ja, der nach einem schaut.«

»Und hast du dir einen besorgt?«

Minna fing laut an zu lachen, sagte mit gestelzter Stimme:

»Was glaum Sie denn, dreimal dürfense raten.«

Norman, aus Angst vor weiteren Enthüllungen, sagte: »Ich mache mal weiter.«

»Cap?«

»Ja?«

»Wollen Sie ... mein Sponsor werden?«

»Ähm ...«

»Ich geh Ihnen nich auf die Nerven, Cap, es bleibt alles wie immer, nur, damit ich einen hätte. Ich würde das gerne mal sagen können.«

»Sicher, es wäre mir eine Ehre.«

»Hand drauf.«

Und Minna streckte eine Hand aus, die mehr Dreck als Haut war. Norman zögerte nicht und ergriff sie.

Als Minna weg war, rannte Norman nicht gleich aus dem Garten in die Küche und suchte nach Kernseife. Er widmete sich wieder der Gartenarbeit, im Herzen eine Mischung aus Verwunderung, Schmerz und Mitgefühl.

Er würde wochenlang tot sein, bevor sein Sponsor davon hörte.

Kevin, ohne es zu ahnen, nannte einen Ed McBain-Titel. Er begrüßte die E-Crew mit »Hail, hail, the gang's all here«.

Er war total drauf, hatte Crack probiert und sich ins All geschossen, schrie: »Ich sehe Scheißindianer. Und alle sind Busfahrer.«

Dann verlor er sich in Kichern. Mit ihrem ersten Opfer hatte die Crew a) einen Berg Dope, b) Waffen, c) eine Stange Geld »konfisziert«.

Kevin, der alles drei wie ein Geier im Einsatz umkreiste, brüllte: »Ich liebe LA!«

Albert hatte besorgt gefragt: »Ist das gefährlich?«, die Drogen gemeint und eins um die Ohren bekommen.

»Dope ist nur dann gefährlich, wenn man sowieso schon am Arsch ist. Schau mich an, für mich ist das Freizeit. Deswegen heißen die ja auch so.«

»Heißen wie?«

Er gab Albert noch eins um die Ohren und sagte: »Freizeitdrogen, du Idiot. Was ist, bist du taub geworden? Hör dir den Mist an. Wach auf, Alter, die Neunziger sind fast vorbei.«

Er bereitete die nächste Line Koks vor.

Patrick Hamilton schrieb: »Die Gottverlassenen bekommen in Earls Court ein Zimmer mit Gasheizung.«

Wenn Obdachlosigkeit die unterste Stufe der Abwärtsspirale ist, dann kann ein möbliertes Zimmer vielleicht als Vorstufe der Verzweiflung gelten. In einem möblierten Zimmer in Balham klebte ein Mann sorgfältig ein großes Poster des englischen Cricketteams an die Wand. Er trat zurück, betrachtete es, sagte:

»Ihr, die ihr bald sterben werdet – hier ist mein Gruß.«

Und er rotzte und spuckte das Poster an. Während der Speichel über das Team lief, vollführte er eine halbe Drehung und warf dann mit schnellem Schwung ein Messer. Es knallte gegen die Wand, prallte ab, fiel runter. Er trat danach, schrie: »Du nutzloses Scheißding.«

Das Messer stammte aus einem *Man of War*-Magazin, einer Monatszeitschrift für Möchtegernsöldner, Tories und Psychos. Auf den Kleinanzeigenseiten fanden sich alle für ein kleines Blutbad benötigten Waffen. Das »Wurfmesser« sollte mit »tödlicher Sicherheit« treffen. Der Mann warf sich auf den Boden, begann seine morgendliche Kraftsportroutine, schrie:

»Mach die Hundert voll.«

Während er hievte, glühten die blauen Tattoobuchstaben auf seinem rechten Arm auf: SHANNON. Nicht sein echter Name, sondern nach Frederick Forsyths *Hunde des Krieges*. Im Gegensatz zur Romanfigur rührte er weder Alkohol noch Zigaretten oder Drogen an. Die Dämonen in seinem Kopf lieferten mehr als genug Stimulation. Während er den Boden beackerte, hämmerten Worte in seinem Hirn:

Gib mir ein kleines Land oder gib mir Rock 'n Roll, aber bring mich nach Armageddon, ich werde die Heiden auf den Spielfeldern von Eton vernichten und ihre legendären Götter des Sports niederreißen, ich werde ich werde ich bin der verdammte Zorn der Neunziger. Das neue Zeitalter der Verwüstung.

Auf Linie bringen

Brant und Roberts saßen in der Kantine. Ohne viel zu sagen. Jeder hatte eine Zeitung, Revolverblätter. Kein Feuilletonintellektualismus weit und breit. Im Büro legte Roberts immer den *Telegraph* nach oben, falls die hohen Tiere vorbeischauten.

Sie fühlten sich wohl miteinander, manchmal war es so. Grunzen zeigte Zustimmung, ein Urteil, Erstaunen an. Natürlich mussten regelmäßig die obligatorischen männlichen Ausrufe erklingen, damit klar war, dass hier keine Schwuletten saßen:

»Boah, schau'n Sie sich mal *die* Titten an.«

»Hier, dieser Wichser? Hat den Hund vom Pfarrer gegessen.«

Von der Verbrüderung über den Sportseiten ermutigt, legte Brant seine Zeitung hin, sah sich um, zog seine Kippen hervor, fragte: »Macht's Ihnen was aus, Guv?«

Roberts zog die Augenbrauen hoch, sagte: »Und wenn? Dann würden Sie's lassen?«

Brant steckte sich die Kippe an, fragte: »Sie haben aufgehört, Guv. Wie lange schon?«

»Fünf Jahre, vier Wochen, zwei Tage und ...« Roberts sah auf seine Uhr. »... neun Stunden. Pi mal Daumen.«

»Und es fällt Ihnen nicht schwer?«

»Ich denke keine Sekunde mehr daran.«

In Brants Brustkorb rumpelte etwas, der Schleim wollte raus, und er sagte: »Ham Sie von dem neuen Typen gehört. Tome?«

»Er heißt Tone, was ist mit ihm?«

»Er wurde zu einem Überfall gerufen. Vier Kids hatten sich einen Rentner geschnappt. Ihm das Geld abgenommen. Die übliche Scheiße. Unser Mann Tone taucht also auf und fragt: ›Warum haben Sie sich nicht gewehrt?‹«

Roberts lachte laut, sagte: »Nicht im Ernst!«

»Genau so, Guv, der alte Knabe sagt: ›Ich habe sechsundachtzig verdammte Jahre auf dem Buckel, was soll ich tun, sie mit meinen Dritten beißen?‹ Und Tone fragt, ob er eine Beschreibung geben kann, und der alte Knabe sagt: ›Ja, Teenager mit Baseballkappen und diesen Kapuzenpullis, wie all die jungen Gangster. Aber sie haben beleidigende Ausdrücke benutzt. Hilft Ihnen das weiter?‹«

Roberts ging los und holte Teenachschub und zwei Schokokekse.

Brant sagte: »Ich mein's nicht böse, Guv, aber Kaffee wäre mir lieber.«

»Schmeckt man einen Unterschied? Also, werden Sie Tone im Auge behalten?«

»Sollte ich?«

»Ja, ich finde schon.«

»Alles klärchen, wir machen schon noch einen Faschisten aus ihm.«

»Daran zweifle ich nicht.«

Als Brant weg war, widmete sich Roberts wieder seiner Zeitung. Ein Interview mit John Malkovich interessierte ihn. Er hatte *In the Line of Duty* gesehen, wo Malkovich Clint Eastwood total an der Nase rumgeführt hatte.

Und er las:

»»Was die breite Masse wahrnimmt, ist Scheiße, und was sie denkt, ist größtenteils nur Kotze. Die breite Masse liest nicht Faulkner, sondern Danielle Steele. Die Filme, die sie gut findet, sind für mich unerträglich.‹ – John Malkovich.«

»Gute Güte«, sagte Roberts. »Der Mann hat die Seele eines Cop, reinstes Bullenblut.« Es gab ein Foto des Schauspielers, kahlrasierter Schädel, Raubtieraugen, und Roberts dachte: »Du hässlicher Bastard.« Doch, so läuft es in der Welt des Geldes nun mal, die Frauen beteten ihn an. Roberts strich sich unwillkürlich über den Kopf. Die Geste brachte keinen Trost. Er erinnerte sich noch, wie er Fiona früher umworben hatte – an den puren Adrenalinrausch, wenn er nur in ihrer Nähe war. Er vermisste zwei Menschen: a) das Mädchen, das sie gewesen war, b) die Person, die sie ihm das Gefühl gegeben hatte, werden zu können. Ein tiefer Seufzer entfuhr ihm.

Zurück auf dem Revier wurde Roberts ins Büro des Chief Super bestellt. Chief Superintendent Brown ähnelte dem Neil Kinnock des armen Mannes. Eine Zeit lang hatte er dieses Image gepflegt, aber als in der Politik der Wind drehte und kälter wurde, hatte er es schnell abgeworfen. Das lichter werdende schwarze Haar war gefärbt – und zwar schlecht. Männer meinen, sie könnten in die nächste Drogerie gehen und die Sache zu Hause erledigen: Bingo! Ein frischer Hauch jugendlicher Farbe, und niemand merkt was. Ach Junge, sogar der Postbote weiß Bescheid. Frauen gehen in einen Frisiersalon, legen einen Batzen Geld hin und lassen es vom Fachmann machen. Die neueste Farbe des Chiefs war schwärzer als jede Politikerseele. Roberts klopfte an, hörte: »Herein.« Dachte: »Wichser.«

Brown betrachtete seine eingerahmten Fotos berühmter Batsmen, sagte: »Schlagmänner, die Zeit schinden – können Sie mir das erklären, mein Junge?«

»Wie meinen?«

»Gut, ich sag's Ihnen: Besondere Umstände ausgenommen, sollte ein Batsman immer schlagbereit sein, wenn der Bowler bereit ist zu laufen.«

Dann wartete er. Roberts war unsicher, ob ein »Oh, sehr gut, Sir!« erwartet wurde oder nicht. Er ließ es bleiben.

Brown machte äh und hmm und sagte dann: »Die Zeitungsknaben haben sich gemeldet und lassen nicht locker.«

»Wegen des Lynchmords?«

»Welcher Lynchmord?«

Roberts erklärte, und Brown rief: »Eigentlich gutzuheißen, aber nicht politisch korrekt. Nein. Ich meine einen Spinner, der droht, das Cricketteam zu ermorden. Er spielt sich als Schiedsrichter auf, nennt sich der Umpire.«

Roberts lächelte, sagte dann: »Dann muss der Kerl sich hinten anstellen.«

Brown bedachte ihn mit dem Kinnock-Blick, ganz gekränkter Stolz.

»Wirklich, Chief Inspector, das ist furchtbar geschmacklos. Wahrscheinlich irgendein Irrer, wie?«

»Oder ein Paki.«

»Kümmern Sie sich drum, Roberts, tuut-swiet.«

Draußen murmelte Roberts: »Um was verdammt noch mal kümmern?«

Brant war mitten in der Pointe: »Also hab ich sie gefragt: ›Kann ich den letzten Tanz haben.‹ Und sie hat gesagt: ›Klar, tu dir keinen Zwang an.‹«

Schallendes Gelächter von den versammelten Constables. Roberts schnauzte: »Bringen Sie mir die aktuellen Akten über Irre.«

Als er vorbeigestürmt war, knallte Brant die Absätze zusammen und bot einen schneidigen Hitlergruß dar. Mehr Gelächter.

Der CA-Club lag in Lower Belgravia. Im Zentrum gedeiht das Laster am besten. Fragt Mark Thatcher. Innen sah es aus wie bei *Schöner Wohnen*. Polstermöbel, Pastellfarben. Eine Frau kam auf Penny und Fiona zu. Sie trug etwas, das früher optimistisch als »Hosenanzug« bezeichnet wurde, und war gute sechzig. Alles war geliftet, hielt aber. Ihr Gesicht hatte den starren Ausdruck einer Totenmaske angenommen. Sie flötete:

»Meine Lieben, willkommen bei CA. Ich bin Cora.«

Penny gab ihr eine Kreditkarte, die sie diskret einsteckte, dann schlug sie vor: »Schlückchen?«

Fiona verspürte den übermächtigen Drang zu brüllen: »Erde an Cora.« Das kam davon, wenn man mit einem Polizisten verheiratet war. Penny sagte: »Piña Coladas.«

»Oh, wie schön, ja, bravo.« Und weg war sie. Fiona fragte: »Wo sind denn alle?«

»Beim Ficken.«

Cora kam zurück, begleitet von zwei jungen Männern, die wie Möchtegern-Boyzone-Sänger aussahen. Cora stellte die Getränke auf einen Tisch mit einem Katalog und sagte:

»Viel Vergnügen, mon Cheries.«

Die Männer standen lächelnd da. Fiona sah Penny an, sagte: »Oh Gott, hoffentlich fangen sie nicht an zu singen.«

Penny blätterte den Katalog durch. Seite um Seite mit Kerlen aller Nationalitäten, allesamt jung.

Fiona hob ihr Glas, sagte: »Ich weiß nie, ob ich das trinken oder essen soll.«

Penny sagte zu den Männern: »Ich möchte Sandy buchen«, dann stupste sie Fiona an. »Komm schon, Mädel. Such dir einen aus.«

Fiona bemühte sich um Konzentration. Die Einträge sahen so aus:

Foto (irgendein Prachtkerl)

Name:

Maße:

Alter: (alle 19/20)

Hobbys: (alle machten Paragliding, liefen Ski und spielten Squash)

Fiona stellte sich den Himmel über Westminster vor, fast schwarz vor Gleitschirm-Sandys, alle mit Verführerlächeln. Sie sagte: »Herrje, ich kann mich nicht entscheiden, ich meine ... sind die echt?«

Penny war ungeduldig. »Ich werde langsam hibbelig, kribbelig und fickerig – hier, nimm Jason, er ist ein feines Hors d'oeuvres.«

»Muss ich mit ihm reden?«

Penny tätschelte ihre Hand. »Süße, wir sind nicht zum Reden hier.«

Der englische Wicket-Keeper Anthony Heaton war ein in der Sportwelt seltenes Exemplar. Ein studierter Altphilologe, der glaubte, ein Gespür für die einfachen Leute zu haben. In privaten Momenten hörte er »Working Class Hero« und lächelte selbstzufrieden.

Seiner Volksnähe entsprechend nahm er oft die U-Bahn. Aber die Northern Line bringt jeden an seine Grenzen. Während er die kaputte Rolltreppe an der Oval Station heruntersprang flüsterte er:

»*Rudis indegestaque moles.*« – »*Ich hatte auf Besseres gehofft.*«

Am Bahnsteig sah er eine Nonne hin und herlaufen. Ganz dem Zauber von *Wiedersehen mit Brideshead* erlegen, war er vom Katholizismus fasziniert. Auf dem College hatte man ihn als »Anthony Blythe mit Fokus« beschrieben. Er fand die Riten und Rituale sehr schön. Die Nonne schwebte jetzt ein zweites Mal über den Bahnsteig, ohne auf die Anzeigetafeln zu schauen, auf denen stand:

Morden 3 Min.   Kennington 4 Min.

Dann begriff er, dass sie um den Schokoladenautomaten herumschlich. Anthony kam »Oh sweet temptation« und »Drei Mal wirst du mich verleugnen« in den Sinn.

Die Nonne hielt inne und kramte in ihrem Habit, ihr Gesicht vor Aufregung rot. Münzen wurden »eingerummst«, eine sorgfältige Wahl getroffen. Cadbury's Turkish Delight. Ein Klassiker. Der Griff wurde gezogen, und die Nonne machte sich bereit zum Abschuss. Anthony beobachtete ihr Gesicht, »faltenlos, makellos«. Sie konnte sechzehn oder sechzig sein. Auf jeden Fall kam sie von den Philippinen, die einen Rekordüberschuss an Nonnen für die Neunziger produzierten.

Einer von Anthonys Teamkameraden hatte neulich gesagt: »Die Hölle ist, wenn Imelda Marcos ›Amazing Grace‹ singt.«

Keine Schokolade: *nada*, nix, *tipota*. Die Nonne sah sich bestürzt um. Wie die Amis sagen: »Who you gonna call?«

Die U-Bahn kam in Hörweite, und Anthony sah Tränen in den Nonnenaugen. Er bewegte sich mit der Eleganz, die sonst Lords vorbehalten war, und schlug ein-, zweimal mit der offenen Hand gegen den Automaten.

Das Turkish Delight plumpste heraus. Er überreichte es ihr wie einen Hauptgewinn. Die Nonne strahlte, ihr Gesicht glühte, sie sagte: »Dem Herrn sei Dank.«

Er nickte ernst, fügte hinzu: »*Veritas*.«

Als die Nonne nach Anthony Heatons Ermordung sein Foto in der Zeitung sah, hoffte sie, dass er die Sterbesakramente erhalten hatte. In ihrem Brevier steckte neben seinem Bild eine fein säuberlich gefaltete Schokoladenverpackung, glatt wie ein stilles Gebet.

David Eddings war einer der Batsmen des englischen Teams. Sein Morgen lief schlecht. Seine Frau hatte ihm ein Ultimatum gestellt.

»Wenn du auf Tour gehst, bin ich weg.«

Er hatte schlecht reagiert, seine Antwort lautete: »Ich helf dir packen.«

Der Toaster hatte einen Kurzen, und die Orangen waren alle. Er verlor die Nerven und brüllte: »Wo ist mein Saft?«

Von oben waren zuknallende Türen und Koffer zu hören, und: »Genau das hat der *Daily Express* auch wissen wollen.«

Besagte Zeitung hatte sich hämisch über sein Alter ausgelassen. Es klingelte an der Tür, und er brüllte wieder: »Machst du auf?«

»Na, von selbst wird sie wohl kaum aufgehen, Darling.«

Ein Zischen lag unter dem Kosewort. Ja, er hatte definitiv ein Zischen gehört ... Auf dem Weg zur Tür murmelte er: »Wehe, wenn das nichts Gutes ist.«

Er öffnete. Ein Briefträger, nicht der übliche. Er hielt die Posttasche vor der Brust und sagte: »Der Batsman verlässt das Feld.«

»Was?«

Und aus der Posttasche schaute ein Pistolenlauf heraus. Der Briefträger verkündete: »Ich bin der Umpire. Wenn ein Batsman das Feld verlassen und sich zurückgezogen hat und wegen Krankheit oder einer Verletzung nicht zurückkehren kann, wird er als ›zurückgezogen, nicht ausgeschieden‹ geführt.«

Und er schoss David Eddings ins Gesicht.

Weights ...

Als der Anruf reinkam, war Brant wie immer nicht auffindbar. Den Beeper hatte er auf seinem Schreibtisch liegen lassen. Dort piepte er, bis ein Sergeant ihn im Vorbeigehen in den Mülleimer beförderte.

Brant saß in der Kantine und rauchte eine Player's Weight. Die waren nur in einem Tabakladen in der Nähe der Bond Street zu bekommen, wo sie neben Sobranies, Woodbines und Schnupftabak im Regal lagen: die vergessenen Stimulanzien des Londoner Lebens aus der Zeit Jack the Rippers. Brant hatte mit dem Ladenbesitzer eine Abmachung – »Ich halte ein Auge auf das Geschäft«. Seit diesem Versprechen hatte es fünf Einbrüche gegeben. Unbeeindruckt fragte er: »Ham sie meine Weights mitgenommen?«

»Nein.«

»Na also: Kein Geschmack, keine Sorgen.«

Jetzt nahm er einen tiefen Zug. Als das starke Nikotin seine Lunge verätzte, keuchte er: »Herrgott.«

Ein Radio spie Michael Bolton aus, Brant murmelte: »Halt die Klappe, du weinerlicher Wichser – stopf dir 'nen Socken rein.« Und wagte einen weiteren Zug von der Zigarette. Im Einklang, wenn auch nicht in Harmonie, gab eine WPC eine Reihe kurzer, scharfer Huster von sich. Brants Kopf schoss hoch wie der eines Jagdhundes.

»Hallo«, sagte er.

»T-tut mir leid, Sarge«, stammelte die Polizistin. »Ich hab's an den Mandeln – wird einfach nicht besser.«

Er setzte sein professionelles Lächeln ein. Das steht im Handbuch und hat absolut nichts mit Wärme zu tun. Er sagte: »Da gibt's ein todsicheres Mittel.«

Die WPC war überrascht. Sie war noch nicht lange dabei, hatte gehört, dass er ein Tier sei. Aber vielleicht war sie ja die Einzige, die seine feminine Seite hervorzulocken vermochte. Seine sanften, rücksichtsvollen und mitfühlenden Wesenszüge, und hey – er sah gar nicht mal schlecht aus – ein bisschen rau, aber das konnte man ändern. Ermutigt fragte sie: »Wie heißt es?«

»S-Amen.«

»S-was?«

»S-Amen. Muss oral eingenommen werden. Ich hab um vier Feierabend und kann dann kommen und liefern.«

Es dauerte einen Moment, um Klick zu machen. Als das Wort auf ihren Lippen Form annahm, wurde ihr übel. Sie sprang auf und sagte: »Sie ... Tier!« Rannte raus und ließ drei Viertel ihres Apfelplunders stehen. Er griff zu, brach ein Stück ab, stopfte es sich in den Mund, machte »Hmmm« und murmelte: »Weiber. Was soll's.«

Der diensthabende Sergeant steckte den Kopf durch

die Tür und sagte: »Brant, hier ist der Teufel los, mach dich auf die Socken.«

»Hoffentlich noch ein Lynchmord.« Er nahm den Rest des Plunders an sich und schaffte es, zwischen zwei Bissen einen Takt Michael Bolton zu summen.

Die Bumszimmer im CA waren der Gipfel des Luxus: Bar, Seidenbettwäsche, weiche bis softe Möbel. Jason war zwölf, zumindest schien es Fiona so. Aber er hatte den Körper eines gesunden Frühzwanzigers. Den Oberkörper hatte er leicht eingeölt, seine Sonnenbräune leuchtete, und bis auf eine glänzende schwarze Unterhose hatte er nichts an. Fiona konnte den Blick nicht davon lassen. Sie hatte diverse witzige Bemerkungen parat, die das Eis brechen sollten, aber sich als »ah« äußerten. Jason lächelte – bekrönte Prachtzähne. Er sagte: »Was kann ich für dich tun?«

Es sollte verführerisch heiser klingen, aber Prollakzent und enge Unterwäsche machten einen Strich durch die Rechnung. Fiona trat vor ihn, sagte: »Pscht. Psch ...« Steckte ihre Hand in seine Unterhose, keuchte »Oh Gott!«, fiel auf die Knie und nahm ihn in den Mund. Dann unterbrach sie sich und sagte: »Jason, ich will, dass du mich fickst, bis ich nicht mehr laufen kann, aber ich will nicht, dass du irgendwas sagst, jetzt nicht, überhaupt nie. Geht das?«

Es ging, und er tat es.

Ihr Mann wurde unterdessen ebenfalls gefickt, aber vom Chief Super, der Presse und Mrs. David Eddings.

Als Brant endlich bei ihm eintraf, war er kurz vorm Herzkasper, schnauzte: »Wohl im Urlaub gewesen, wie?«

»Sorry, Guv, ich bin den Spuren im ›E‹-Fall nachgegangen.«

»Im was?«

»›E‹, Sir – für ›Ende‹. Der Lynchmord, oder ist Ihnen das entfallen? Sie haben vermutlich viel um die Ohren.«

Begleitet von einem Obszönitätenschwall erläuterte Roberts den Cricketmord. Fragte: »Kennen Sie sich mit Cricket aus? Tja, Sie werden's lernen müssen. Ich werde Ihnen persönlich einen Crashkurs angedeihen lassen. Spielen die Iren etwa nicht?«

Brant versuchte, benachteiligt zu wirken. Es sah teuflisch aus.

»Leider bloß Hurling.«

»Was ist das denn?«

»Ein Mischung aus Hockey und Blutbad.«

»Großartig, ich habe einen dämlichen Paddy am Bein. Gehen Sie rüber in die Einsatzzentrale, die müsste inzwischen eingerichtet sein.«

»Und ... zwar wo, Guv?«

»Woher zum Teufel soll ich das wissen? Fragen Sie einen Polizisten. Wenn Sie einen finden.«

»Alles klar ... ich bin dran, sorgen Sie sich nicht. McBain hat mich ermitteln gelehrt.«

»Fuck McBain.«

»Wie Sie wünschen, Guv.«

Verdammt!

Der Umpire war zurück in Balham, tigerte in seinem Zimmer umher und brüllte: »Ja, ja, ja – wir haben begonnen!« Dazu fuchtelte er mit der Faust. Die Pistole hielt er fest in der linken Hand. Der Impuls, Löcher in die Wand zu ballern, war fast unwiderstehlich. Er trat vor das Poster mit der englischen Mannschaft, drückte Dave Eddings den Finger ins Gesicht, fragte: »Bist du überrascht gewesen, Batsman? Warst du verdammt noch mal fassungslos?«

Er sah sich um, entdeckte das Messer auf dem Boden und begann, das Gesicht auf dem Poster wegzusäbeln. Dann trat er zurück, betrachtete sein Werk und trillerte:

»Ene, mene, muh,

hängt den Batsman auf am Schuh.

Zeigt er Reue, lasst ihn laufen,

ansonsten schießt ihn über'n Haufen.«

Er ging zum Bett, zog einen zerbeulten Koffer hervor, klappte ihn auf und blätterte durch vergilbte Zeitungsseiten. Die Schlagzeilen lauteten:

SCHULJUNGE IST CRICKETSENSATION

JÜNGSTER INTERNATIONALER SPIELER ALLER ZEITEN

BITTERES ENDE EINES JUGENDTRAUMS

Er warf den Kopf zurück und stieß einen langen Schrei reinster Seelenpein aus. Unabsichtlich schredderte er die brüchigen Zeitungen mit beiden Händen. Artikelfetzen flatterten um seine Beine herum und ließen sich als Konfetti auf ihm nieder. Es sah aus, als hätte man ihn in den Überbleibseln einer alten Hochzeit ausgesetzt. Die Partygesellschaft war weitergezogen, er war hängengeblieben. Nicht, dass er es nicht zum Festmahl hätte schaffen können, es war eher so … dass ihm nicht *bewusst* war, dass er hätte mitgehen können.

Wie es der blöde Zufall so wollte, wohnte auch WPC Falls in Balham. Aber nicht in einer Einzimmerwohnung. Das Haus hatte sie von ihrer Mutter geerbt. Ihr Vater, ein Gewohnheitssäufer, trat zu gelegentlichen Raubzügen auf ihre Zeit und ihren Großmut an. Beides ging allmählich zur Neige.

Sie hatte einen langen Tag hinter sich. Es kam ihr vor, als wäre eine Horde Irrer in ihr Revier eingefallen.

Bürgerwehren, Cricketkiller und Gott weiß wie viele Nachahmer und falsche Geständnisse. Sie ging zur Stereoanlage und drehte die Cowboy Junkies auf. *The Trinity Session* war buchstäblich abgenudelt. Jetzt nudelte sie das kanadische Live-Album herunter. Während sie das Badewasser anstellte, erklang Mango Tameness' verzaubernde Stimme: »Dieses Lied handelt von einer beschissenen Welt, aber, hey – ein Mädchen lässt sich nicht unterkriegen.« *Oprah*-Stoff, aber wenn

Mango es sang, bestand vielleicht noch ein wenig Hoffnung. In einem schwachen Moment hatte sie einem Cop von ihrer Leidenschaft für die Band erzählt. Ganz wie erwartet warf er sich aufs Vorurteil: »Junkies! Du hörst dir beschissene Fixer an. Da kannste gleich Freitagabend auf die Coldharbour Lane oder Railton Road gehen.«

Er hatte so lange gewettert, bis sie gelogen und behauptet hatte, Dire Straits würden sie antörnen. Da schoss er ab.

Während sie jetzt in der Badewanne versank, erzählte Mango von bedrängten Frauen. Falls sagte laut: »Sing it, sister!«

Der Tag begann aufzuweichen. Sie war zu einem Hochhaus in der Nähe des Oval gerufen worden. Der oberste Teil des Gebäudes war in einem großen Sturm weggeblasen worden, der sich an Michael Fish, dem Fernsehwetterfrosch, vorbeigeschlichen hatte – »heute Abend kein Sturm« hatte er vorhergesagt, während der schlimmste Orkan seit hundert Jahren auf die Stadt zu donnerte. Der Einsatz war im dreizehnten Stock. Funktionierten die Aufzüge? Ach was. Falls schaffte es schließlich stocksauer nach oben. Vor einer offenen Tür stand eine Menschenmenge versammelt. Eine riesige schwarze Frau sah sie an, sagte: »Hätten die keinen Kerl schicken können?«

»Gibt nur mich.«

»Hätten einen Typen schicken sollen.«

»Können wir anfangen?«

»Herrje ... hier, guckt ma, die ham 'ne Frau geschickt!«

Und ein Chor aus »Hätten 'nen Typen schicken sollen« erscholl aus der Versammlung. Falls war mit der Geduld am Ende, fauchte: »Wo ist das verdammte Problem?«

»Hey, Sister, jetzt werd mal nicht kiebig ... Männer sind eben anders.«

Falls drängte sich durch die Menge. Jemand kniff ihr in den Hintern, sie ließ es durchgehen. Sie tippte auf die schwarze Frau.

Der Hund eines Nachbarn hatte unaufhörlich gebellt. Tag und Nacht. Der Bewohner, ein weißer fünfzigjähriger Mann, hatte sich das Tier geschnappt und hielt es über das Balkongeländer.

Falls hatte schließlich seinen Namen in Erfahrung gebracht: »Mr. Prentiss. Das wollen Sie nicht wirklich.«

»Oh, doch.«

Die Menge gab ihren Senf dazu: »Lass den Scheißer fallen, mal sehen, ob er fliegen kann. Mach schon, lass los.«

Falls brüllte: »Ruhe!«

Und bekam zu hören: »Zeig mal deine Titten.« Und leisere Bemerkungen, wie: »Die ist sauer – jetzt schmeiß sie schon runter.«

Prentiss sprach wieder: »Sehen Sie, jetzt bellt er nicht. Stimmt's? Zum ersten Mal seit sechs Monaten hält er sein verdammtes Maul.«

Falls hatte Psychologie Eins absolviert und ein paar Kurse in Verhandlungstaktik bei Geiselnahmen belegt. Aber nicht genug. Sie sagte: »Wir finden eine Lösung.«

»Blödsinn.« Er ließ den Hund los. Das Tier bellte im Absturz ein letztes Mal.

Nachdem Falls Prentiss über die Treppe nach unten geschleift hatte, die ganzen dreizehn Stockwerke, sagte jemand: »Weißt du, was ich denke, Kleine?«

»Ja, ja. Die hätten einen Kerl schicken sollen.«

»Nein, du hättest den Aufzug nehmen sollen – der geht jetzt wieder.«

Prentiss wischte sich den Schweiß vom Gesicht, sagte: »Bist du sicher, dass du den richtigen Beruf hast, Süße?«

Falls war zu k.o. für eine Antwort.

Handjob

Als Roberts in der Nacht nach Hause kam, stand die Uhr auf zwölf und er auf null.

Das Haus lag in Dulwich, dem Knightsbridge von Südost-London. Das wurde immer im Ernst ausgesprochen. Wie sollte man es sonst sagen? Dulwichianer waren der Meinung, nur übergangsweise aus dem geografischen Gleichgewicht geworfen worden zu sein. Andere waren der Meinung, Dulwichianer hätten nicht mehr alle Latten am Gartenzaun. Dulwichianer waren der Meinung, dem Rest des Südostens ein erstrebenswertes Lebensziel aufzuzeigen. Und so war es auch. Ziel war es, in ihre Häuser einzubrechen und die Bewohner bei allem Überfluss windelweich zu prügeln.

Hoffnung ist die Droge. Die Hypothek war die Quittung des Teufels, und Roberts ertrug sie schlecht. Im Wohnzimmer ließ er sich in einen Ledersessel sinken, der nur gut aussah. Wenn man sich bewegte, knarzte er und schob Falten unter dem Arsch. Natürlich hatte er ein Vermögen gekostet, weswegen er sich verpflichtet fühlte, ihn zu benutzen. Fiona Roberts war noch nicht lange zu Hause, hatte aber geduscht, einen alten Morgenmantel angezogen und hoffte, sie sähe ... na ja, hausfräulich aus. Jason hatte getan, wie ihm befohlen, und sie konnte kaum noch laufen. Sie riss sich zusammen und arrangierte ihr Gesicht zu einer gelangweilten Miene vorgetäuschten Interesses. Die besagte, dass sie sich kaum an seinen Namen erinnern konnte, und, herrje, was ging es sie an? All das löste sich in Luft auf, als er sagte:

»Du siehst ausgelutscht aus.«

Schuldbewusstsein überflutete sie, sie stammelte: »Herrgott noch mal, so was sagt man doch nicht zu seiner Frau.«

Aber er sah sie nicht mal an, als er sagte: »Schenk mir einen Scotch ein, Liebes – ich bin zu fertig, um mir einen runterzuholen.«

Die Entrüstung schwoll an, ebenso ihre Stimme: »Wie kannst du es wagen, so etwas zu sagen.«

»Was? Was hab ich gesagt?«

»Dass du zu müde bist zum Masturbieren.«

Er lachte laut, sagte: »Herrgott, komm runter. *Rüberholen,* hab ich gesagt, zu fertig, um mir einen rüberzuholen. Du denkst ja nur an Sex.«

Sie kippte Whisky in einen Tumbler und stellte ihn ihm hin. Er sagte: »Danke, Liebes, sehr nett von dir – möchtest du hören, wie mein Tag war?«

»Ich bin ziemlich müde. Wenn es dir nichts ausmacht, gehe ich lieber ins Bett. Gute Nacht.« Und weg war sie. Eine Weile saß er mit dem Whisky in der Hand still da. Dann probierte er einen großen Schluck, ließ ihn abfließen und sagte: »Runterholen wär auch schön gewesen.«

Brant hielt auf dem Weg nach Hause an einem Spirituosenladen an und holte sich ein Sixpack Bier. Der Besitzer kannte ihn und fragte ohne Zuneigung: »Wollen Sie anschreiben lassen, Mr. Brant?«

Brant setzte sein bösartiges Lächeln auf, klopfte seine Taschen ab, sagte: »Ich habe gerade keine Penunzen dabei, Mr. Patel. Wollen Sie einen Scheck?«

Beide kicherten etwas verschämt über den Aberwitz dieses Vorschlags. Als wäre ihm gerade noch ein Gedanke gekommen, sagte Brant: »Geben Sie mir noch ein paar Penunzen raus, ich komm Freitag vorbei – okay?«

Patel wandte sich zur Kasse um, hob den Blick gen Himmel und gab keinen Verkauf ein. Die ewig gleiche Leier mit Brant, sie würde noch auf seinem Grabstein stehen. Patel reichte Brant die Plastiktüte: »Gehen fünfundzwanzig in Ordnung, Mr. Brant?«

»Ganz wunderbar, und Sie sind ein dufter Kerl. Mit der National Front hat's keinen Ärger mehr gegeben, nehme ich an?«

»Nein, Mr. Brant, alles rosig.«

Brant nickte und wandte sich zum Gehen, dann: »Bei Jupiter, Patel, ich muss sagen, Sie beherrschen die Sprache der Queen inzwischen wirklich gut, wie? In Kalkutta wäre man beeindruckt.«

Patel schaffte es nicht, das durchgehen zu lassen, sagte: »Mr. Brant, Kalkutta liegt in Indien. Ich bin aus Rawalpindi.«

»Wie auch immer.« Er ließ den Blick über die Preisliste schweifen, fügte hinzu: »Tja, mein Bester, wenn

Sie weiter so viel verlangen, werden Sie bald die Vettern aus beiden Orten rüberholen können, wie? Immer schön die Eier kühlen, okay?«

Als er weg war, schlug Patel vor lauter Frust auf den Tresen. Wieder kam ihm der Gedanke, Scotland Yard anzurufen.

Brant bewohnte eine Sozialwohnung in Kennington, eine kleine Zweizimmereinheit im dritten Stock. Er hielt sie in Schuss, für den Fall, dass er mal eine abschleppte. Nach seiner Ehe war er darauf aus, alles zu nageln, was sich bewegte. Im Moment hatte er es auf Roberts' Frau abgesehen. Eine bessere Ficktrophäe gab es nicht. Außerdem, wie er sagte: »Möpse wie aus dem Atomkraftwerk.«

Eine Wand war in Gänze Büchern vorbehalten. Alles von Ed McBain, die Geschichten aus dem 87. Revier. Zwei Regale waren mit der Matthew-Hope-Reihe gefüllt – ein weniger erfolgreiches Unterfangen des besagten Autors. Auf dem unteren Regal stand Evan Hunter, einschließlich *Saat der Gewalt*.

Brant fand, damit besaß er alle drei Gesichter des Autors. Die 87er-Reihe reichte bis zu den alten Penguin-Ausgaben zurück. Brant schüttelte die Schuhe ab, öffnete ein Bier, trank lange, keuchte: »Verdammt gut, jeden Penny wert.« Er setzte sich in den Sessel und begann, über eine Saubermann-Verhaftung nachzudenken. Zuerst griff er noch zum Telefon – man musste Prioritäten setzen.

»Yo, Pizza Express, Kundennummer 936. Ja, genau, bringt mir die Peperoni Special. Klar, Familiengröße.« Und dann dachte er – mach schon, sag, was in jedem Film gesagt wird: »Und spar dir die Sardellen. Klar, nicht erst Dienstag. Okay.«

Zurück zu seinen Überlegungen. Es gab keine andere Möglichkeit:

Erstens, Roberts war am Arsch. Zweitens, das ganze Revier war am Arsch und er selber am allerdicksten Arsch. All die kleinen Nebeneinnahmen, Betrügereien, Vernehmungsmethoden, seine ganze Art, hundertpro wäre er noch vor Jahresende geliefert. Der Met stand eine große Säuberungsaktion ins Haus und sie ganz oben auf der Liste. Es sei denn ... es sei denn, sie zogen das große Ding ab, die legendäre Saubermann-Verhaftung, von der jeder Bulle träumt. Den waschechten Oscar, den Nobelpreis der Kriminologie. So was wie den Yorkshire Ripper festzunageln oder die Arschgeige Lucan zu finden. Dann wäre alles andere vom Tisch gewischt, man stünde im Glanzlicht, würde in Talkshows auftreten. Richard Littlejohn und die *Sun* würden einem den Arsch küssen!

Vor Begeisterung zerquetschte er die Bierdose. Herrje, sogar die Frau würde ihn zurückhaben wollen.

Die Türklingel ließ sein Phantasiebild zerstieben. Ein Junge mit der Pizza. Er überprüfte die Bestellung: »Brant, stimmt's? Familienpeperoni?«

»Ganz genau, Kleiner.«

Noch ein prüfender Blick auf den Zettel, dann sagte der Bote: »Das wird angekreidet?«

»Angeschrieben, Junge, aber hey, ich wollte gerade zahlen. Na ja, wenn ihr drauf besteht!«

Er nahm die Pizza in Besitz. »Ach ja, du sollst noch was bekommen.«

»Wenn Sie wollen, Mister.«

»Einen Tipp: Nimm immer Kondome.«

Er schloss die Tür und wartete. Kurz darauf ein halbherziger Tritt gegen die Tür. Er freute sich. »Guter Junge, prima gemacht – und jetzt hau ab, bevor ich dir den Arsch eintrete.«

Nachdem er den Großteil der Pizza gegessen hatte, musste er die Hose öffnen, um atmen zu können, und bekam kaum noch das Bier herunter. Er drückte gerade rechtzeitig für die *Simpsons* auf die Fernbedienung. Später würde er noch *Beavis and Butthead* schauen. Er dachte: »Top of the world, Ma.«

Jacko Mary war der lebende Beweis für das Sprichwort »Vertraue nie einem Mann mit zwei Vornamen.« Er war ein Spitzel. Kein sehr guter. Aber die unübersichtliche Maschinerie der Polizeiarbeit beruht auf ein paar wesentlichen Grundpfeilern:

a) Ignoranz, b) Komplizenschaft, c) miese Bezahlung, d) Spitzel.

Zumindest lautet so die Bauernweisheit. Er war, wie die Amis sagen würden, »größenmäßig beeinträchtigt«. Er war klein. Und er hasste seine Statur. Roberts traf sich mit ihm im Hole in the Wall in Waterloo. Die Wände zeugten von ernsthaftem, entschlossenem Trinken. Vor Jacko standen ein getoastetes Sandwich und ein Milk Stout auf dem Tisch. Er sagte: »Tach, Guv.«

»Von mir aus.«

»Wollen Sie was, Guv?«

»Informationen.«

Jacko sah gekränkt aus, sagte: »Können wir nicht höflich bleiben?«

»Du bist Spitzel, ich Polizist, da gibt's keine Höflichkeit.« Roberts' Ton war harscher, als er wollte. Er empfand Zuneigung für Jacko, nicht gerade viel, aber so allgemein. Der Spitzel kam ihm verändert vor, aber Roberts konnte nicht genau sagen, warum. Dann bemerkte er einen Anstecker an Jackos Jacke, zwei ineinander verschlungene Bänder, eins gold, eins pink.

»Was ist das?«

»Das ist für Leute, die Krebs gehabt haben.«

Und jetzt ging Roberts auf, was anders war. Jacko war für seinen pechschwarzen Haarschopf bekannt. So dunkel, dass es gefärbt aussah. Jetzt fehlten ganze Büschel, und Roberts fragte sich, was er sonst schon alles nicht mehr mitschnitt. Er wusste nicht, was er sagen sollte, sagte: »Ich weiß nicht, was ich sagen soll.«

Jacko fasste sich an den Kopf. »Es kommt in Klumpen raus. Bei jedem Kämmen hängt mehr an dem Scheißkamm als auf dem Kopf. Liegt an der Chemo.«

»Ähm ... ich geb dir einen aus.«

»Nee, hilft dem Haar auch nicht. Die Ärzte sagen, es ist nicht-invasiv, wissen Sie, was das heißt?«

»Nein.«

»Dass es nicht streut. Irgendwie ein netter Ausdruck, finden Sie nicht? Wie Krebs mit Manieren.«

Roberts wäre am liebsten abgehauen, scheiß auf die Informationen, aber er fühlte sich verpflichtet, es zumindest zu versuchen. Also sagte er: »Vermutlich kannst du mir auch nicht sagen, welcher Irre da gerade das Cricketteam abschlachtet?«

»Nee, Spinner sind nicht mein Ding. Allerdings laufen in Brixton gerade zwei durchgeknallte Brüder rum, die man sich mal angucken sollte.«

»Und wer sind die?«

»Die Gebrüder Lee, Kevin und Albert. Auf der Straße heißt es, die machen krassen Scheiß.«

Roberts bemühte sich, den Hohn zu unterdrücken.

Trotzdem kroch ein herablassender Unterton in seine Stimme. »Kruppzeug, Jacko. Ich kenne ihre Akten. Kleine Fische.«

»Ich weiß nicht, Guv, es heißt –«

Aber Roberts fiel ihm ins Wort. »Sorry, Jacko, wenn man so lange dabei ist wie ich, hat man einen Riecher.«

Dann kramte er in seinem Jackett und zog ein paar Scheine heraus. Entschuldigend: »Hab's bloß klein, Jacko.«

Jacko Mary lachte laut. »Sie wollen mir was von klein erzählen?«

Irgendwie dran

Penny drehte durch. Bemühte sich, Fiona Roberts nicht anzuschreien, als sie fragte: »Willst du sagen, du kommst nicht mit in den CA-Club?«

»Heute nicht, Pen, ich hab zu viel um die Ohren.«

»Ich brauche dich, Fiona.«

»Ehrlich, ich kann nicht. Ich ruf dich morgen an, dann treffen wir uns auf einen Kaffee.«

»Toll, ich kann's kaum erwarten. Vielen Dank auch, Freundin!«

Und sie knallte den Hörer auf und dachte: »Die Kuh kann mich kreuzweise. Tja, okay, dann gehe ich klauen.«

Es war nur so, dass sie eine sehr schlechte Ladendiebin war. Aber wenn sie bei Fiona Groll empfand, dann war es bei Jane Fonda regelrecht Abscheu. Einst hatte sie Jane als amerikanische Bardot bewundert und sehr beneidet. In Janes schweren Zeiten hatte sie mitgelitten. Hatte sie als »ernsthafte« Schauspielerin respektiert. Hatte auf sie gestanden, als sie fit und vierzig war. Begann ihr die Fabelhaftigkeit mit fünfzig ein bisschen übelzunehmen. Zischte »Miststück«, als sie sich mit sechzig an einen Millionär verkaufte und eine weitere Trophäenbraut in der Trump-Tradition wurde.

Penny war bei Hatchards in Piccadilly gewesen, als sie von einer Hitzewallung überrollt wurde und nach draußen an die frische Luft flüchten musste. Vor dem Trocadero merkte sie, dass sie ein Buch gestohlen hatte. Auf dem Cover prangte Jane. Ein Kochbuch. Schande! Und schlimmer. Sie hatte es nicht mal selbst geschrieben, sondern Rezepte von ihren DREI Köchen genommen. DREI! Das war doch zum Heulen. Sie hatte das Buch einem *Big Issue*-Verkäufer in den Schoß geworfen. Der Mann hatte es gut aufgenommen und gerufen: »Ich hab den Film gesehen.«

Rastlos, verärgert, angespannt versuchte sie, Frühstücksfernsehen zu schauen. Eine Schar Prachtblondinen sprach über die Vorteile, »kinderfrei« zu leben.

»Was für ein kapitaler Bockmist«, kreischte sie. »Wann sind wir von kinderlos zu solchem hippen Scheiß übergegangen?«

Ein Kind, ihr großes Herzensleid, und die biologische Uhr war weniger stehengeblieben als im Nichts entschwunden.

Oben hatte sie einen ganzen Schrank voller Babykleidung. Nichts davon geklaut. Sie hatte jedes Stück behutsam und unter Schmerzen ausgesucht und eine Menge Geld dafür bezahlt.

»E« steht nicht für Ecstasy

In einem Haus an der Coldharbour Lane saßen vier Männer um einen Sofatisch herum. Geöffnete Dosen Heineken, Fosters und Colt 45 sumpften neben einem Stapel Schwarzweißfotos.

Zwei der Männer waren Brüder, Kevin und Albert. Die anderen beiden waren Doug und Fenton. Alle waren weiß. Kevin sagte: »Ich glaube, die nehmen uns nicht ernst.«

Albert seufzte. »Es ist ja gerade erst passiert, außerdem hat das Cricketding Vorrang.«

Doug stimmte ein: »Ja, echt jetzt, Kev, wer kommt eher in die Abendnachrichten – ein Batsman oder ein Dopedealer?«

Kevin haute auf den Tisch.

»Haltet ihr das etwa nicht für wichtig?«

Fenton mischte sich ein. »Komm runter, Kev.«

Kevin fuhr ihn an, in den Mundwinkeln standen kleine Spuckeblasen. »Hab ich mit dir geredet, Fen? Hab ich auch nur ein einziges Scheißwort zu dir gesagt, Alter?«

»Ich bin bloß –«

»Du bist bloß Scheiße – das ist mein Plan, meine Show. Du hast mir gar nichts zu sagen, Alter.«

Fenton erkannte die Warnsignale: Es wurde finster.

Er hielt die Klappe. Kevin griff sich ein Bier und trank es mit einem langen, geräuschvollen Schluck aus. Die anderen sahen seinen Adamsapfel hüpfen wie ein wildgewordenes Jojo. Als er fertig war, warf er die Büchse weg, dann:

»Nun, wie ich sagte, bevor ich unterbrochen wurde, die nehmen uns nicht ernst. Halten uns für eine Eintagsfliege. Denen werd ich's zeigen – beim nächsten Mal stecke ich den Scheißkerl in Brand. Na? Was sagt ihr jetzt? Wie ein Signalfeuer am Nachthimmel über Brixton.«

Die anderen hielten es für Irrsinn. Aber sie sagten: »Super, Kev – ja, anzünden, das isses.«

Kevin durchkramte die Fotos. »Na, wer ist der Nächste? Da ist ja mal eine echte Hackfresse – wer ist das?« Er drehte das Foto um, las den Steckbrief vor. »Brian Short, achtundzwanzig Jahre alt, Drogendealer, Vergewaltiger, wohnt in der Railton.«

»Scheiße, das ist ja praktisch nebenan.«

Albert sah die anderen an, sagte: »Kev, es gibt ein Problem.«

»Was, ist er umgezogen oder so?«

»Nein. Er ist ... na ja ...«

»Was? Spuck's aus.«

»Er ist weiß.«

»Er ist Abschaum, und er wird brennen, und zwar heute Nacht.«

»Kev ...«

»Hör auf zu winseln, geh Benzin holen – viel Benzin.«

Polizeiarbeit, wie Cricket, folgt harten und strengen Regeln. Hart spielen, schnell spielen.

Stellt euch das mal vor: Brant ist sieben Jahre alt. Die Sozialsiedlung in Peckham, in der er wohnt, geht bereits vor die Hunde. Das Labour-Vermächtnis der Billigwohnungen ist abgewirtschaftet. Brant hat sich geprügelt. Aber er lernt. Er lernt, nicht zu heulen und sich NIEMALS zu ergeben. Zu Hause versorgt seine Mutter die Schnitte und Wunden. Er hört ihr nicht zu. Im Fernsehen läuft die Polizeiserie *Dixon of Dock Green*: »Guten Abend, alle miteinander«, und Brant flüstert die Antwort. *Z Cars* facht die Flammen an, und zehn Jahre später folgt er dem Ruf der Pflicht. Im Laufe der Jahre zieht er sich sowohl *Hill Street Blues* als auch Morde rein. Aber das törnt ihn nicht an. Er steht auf die englische Version des Bobby, und aus irgendeinem verqueren Grund ist er der Meinung, dass Ed McBain mit seinen Ermittlungskrimis dem am Nächsten kommt, wie es sein sollte. Noch lange, nachdem er Dixon als Wichser abgetan hatte, schlug in seinem Herzen Dock Green. In Brants Worten war das Fernsehen wie Peckham: beides am Arsch.

Brant war mitten im Quiz und zitierte absichtlich falsch: »Und der Hering wird der Flotte folgen.«

Ein Constable lachte höhnisch auf. »Viel zu einfach – das ist dieser Wichser, dieser Kickboxer Cantona.«

Brant bemühte sich, seine Enttäuschung zu verbergen. Er war siegessicher gewesen. Ein Haufen Uniformen saß in der Kantine versammelt. Er sagte: »Okay, Klugscheißer, und das hier? ›Do you care now?‹«

Der Haufen lachte, krakeelte: »De Niro zu Wesley Snipes in *The Fan*.«

Das Revier hatte Freikarten bekommen. Brant stand angeekelt auf. »Ihr Mistkerle habt euch vorbereitet. Wo bleibt da die Spontaneität?«

Er marschierte von dannen und beschloss, nie wieder zu spielen. Stieß fast mit einem Roberts in vollem Galopp zusammen, der brüllte: »Noch einer, die haben's schon wieder getan.«

»Der Umpire?«

»Nein, die anderen Irren – die Laternenspinner. Hopp, hopp, auf geht's.«

Die vor der Bücherei in Brixton baumelnde Leiche qualmte noch.

Brant fragt: »Haben Sie mal Feuer?«

Roberts seufzte tief. »Als Nächstes hängen wir.«

Brant stieß ihm in die Seite, fragte: »Haben Sie McBain schon gelesen?«

»Oh, klar, als hätte ich Zeit dafür.«

Unbeeindruckt hob Brant an: »Im 87. Revier, da gibt's diese beiden Mordermittlerarschlöcher, Monaghan und Monroe. An den Tatorten reißen sie immer Totengräberwitze. In *Schwarze Pferde* –«

»Klappe! Herrgott, sind Sie völlig bescheuert? Weiß jemand, wer das Opfer sein könnte?«

Der uniformierte Sergeant sagte: »Brian Short, achtundzwanzig Jahre alt, Drogendealer, Vergewaltiger, wohnt in der Railton Road.«

Sowohl Roberts als auch Brant machten große Augen. Einstimmig: »Was?«

Der Sergeant wiederholte den Satz. Roberts sagte: »Na, das nenne ich mal beeindruckende Polizeiarbeit. Das grenzt ja an ein Wunder.«

Brant betrachtete die Leiche, fragte: »Verdammte Scheiße, das können Sie davon ablesen?«

Der Sergeant hielt einen Gegenstand hoch, sagte: »Das steht hier.«

»Hier?«

»Ja, hinten auf dem Foto drauf.«

»Her damit.« Brant betrachtete es und lächelte. »Woher haben Sie den Schnappschuss, Sarge?«

»Das war an die Nachricht geheftet.«

»›E steht für EXTREME Maßnahmen‹.«

Diesmal war die Polizei vorbereitet und hatte zum Abhängen der Leiche zwei Leitern mitgebracht. Der Rechtsmediziner traf ein, ahte und hmmte, schwenkte dann seine Brille und sagte: »Das hier ist kein Bootsunfall.«

Brant lachte laut los. Roberts sagte: »Darf ich mitlachen, oder soll ich mir einfach weiter den Daumen in den Arsch stecken?«

So interessant das Bild war, Brant spann es nicht

weiter, sondern sagte: »Das ist aus *Der Weiße Hai*, Sir. Richard Dreyfus hat es gesagt.«

Ein Pressefotograf schoss eine Serie, bevor Roberts brüllte: »Bringt den weg!«

In der Abendzeitung prangte ein großes Foto, wie sie anscheinend erfreut lachend vor der Leiche standen. Dazu die Überschrift: »Was ist so lustig, liebe Polizei?«

Und der dazugehörige Artikel schiss sie nach Strich und Faden zusammen. Fackelte sie sozusagen ab.

Loyalität

Durham, ein aufstrebender Interner Ermittler, war Roberts ins Revier geschickt worden, um eine lückenlose Beurteilung zu erstellen. Jetzt kanzelte er vor der gesamten Truppe WPC Falls ab, mit zuckersüßer Stimme.

»Ladys und Gentlemen, hier haben wir eine Polizistin, die gestern gezeigt hat, wie man es NICHT macht. Sie hat sich allein in eine potenziell gefährliche Situation begeben, fast einen Aufruhr provoziert und dem Verhältnis zur Bevölkerung immensen Schaden zugefügt.«

Seine Stimme wurde immer lauter, je näher er dem Höhepunkt kam. Er wusste, dass seine Pointe saukomisch werden und zeigen würde, dass er zwar strikt, aber keinesfalls humorlos war. Also packte er alle Führungsqualitäten auf den Tisch und nahm Anlauf.

»Aber am Allerschlimmsten – um den Dichter zu zitieren: ›Nur starb der tolle Hund‹.«

Stille. Erschüttert erkannte er, dass die Vollidioten das Zitat nicht kapierten, und wiederholte es. Nichts. Nada. Wütend hackte er weiter auf Falls ein und verlor ein bisschen die Kontrolle dabei. Gemurmel aus der Menge ließ ihn schließlich innehalten. Eine gebrochene Falls, vor Tränen blind, stolperte aus dem Raum. Durham brüllte: »Ich kann mich nicht erinnern, Ihnen die Erlaubnis gegeben zu haben zu gehen, WPC.«

Eier

Der Umpire stand vom Boden auf, streckte sich und packte den Killer ein.

Blinzelte, öffnete die Augen weit und war SHANNON, nicht gerade Normalbürger, aber mit Schnittmengen. Selbst Psychos müssen essen. Er duschte und rasierte sich dann sorgfältig mit einem Rasiermesser mit Perlmuttgriff, das von seinem Dad stammte. Eigentlich hatte er es auf dem Flohmarkt gekauft, glaubte aber inzwischen an die erste Version. Er schabte die Stoppeln mit langen, langsamen Bewegungen ab, am Adamsapfel hielt er inne. Die Augen reflektierten, und einen Moment lang hatte der Umpire die Oberhand, flüsterte: »Schlitz ihn auf.« Dann war es vorbei, und Shannon begann zu pfeifen. Geschniegelt sagte er: »Gestiefelt und gespornt.«

Er kochte sich zwei Eier zum Frühstück und butterte drei Scheiben Brot, die er in schmale Streifen schnitt und ordentlich aufreihte. »Rührt euch, Männer.«

Als die Eier fertig waren, nahm er einen Filzstift und tat das hier

mit den Eiern. Schrieb Jack und Jill obendrauf. Dann war er bereit zum Essen, setzte sich und schlug das Kreuz. Das hatte er bei den *Waltons* gesehen und fand es total cool. Gleichmäßig köpfte er die Eier. »Mütze ab bei Tisch, Kinder.«

Er nahm einen Brotsoldaten, stippte ihn in Jack und aß. Hin und her, Jack und Jill. Er aß mit Appetit.

Heute wurde die Stütze ausgezahlt. Shannon stand still in der Schlange und ließ im Kopf den Film *Hunde des Krieges* ablaufen. Die Frau am Schalter schaute auf seine Karte, sagte: »Mr. Noble will Sie sehen – Tisch Nummer drei. Nächster!«

Shannon wartete zwei Stunden, bis Noble ihn drannahm. Zeit, in der der Umpire sich aufrichtete und streckte. Noble hatte einen dünnen Schnurrbart, wie ein Rußstrich, an dem er unaufhörlich rumzupfte. Er hatte seinen Abschluss an einer der neuen Fachhochschulen gemacht und den Kopf voller Ideen. Während er die Akte durchblätterte, schnalzte er mit der Zunge, sagte: »Mr. Shannon, wir haben Sie ja schon eine ganze Weile bei uns.«

Shannon nickte.

»Und ... hmm ... Sie haben am Jobclub teilgenommen, wie ich sehe.«

Nicken.

»Keine Aussichten – ist da nichts bei rumgekommen?«

Ein Kichern.

Noble hob abrupt den Kopf. »Habe ich etwas Witziges gesagt?«

Riesige Belustigung blubberte unter Shannons Antwort: »Ich halte Ausschau nach einer ziemlich speziellen Stellung.«

»Oh, und die wäre, Mr. Shannon, wenn ich fragen darf?«

Der Umpire sah Noble direkt in die Augen, und der Mann spürte Kälte in seine Seele fließen.

»Ich möchte mich mit Cricket beschäftigen – idealerweise in einflussreicher Position.«

Und jetzt brach das Lachen an die Oberfläche. Ein harscher, spottender Klang, wie ein Messer auf Glas. Shannon stand auf, beugte sich über den Tisch, flüsterte: »Ich rechne in Kürze mit freien Stellen.«

Und weg war er.

Ein fahler Noble saß mehrere Minuten lang erstarrt da, bis die Tea Lady kam. »Ein oder zwei Kekse, Mr. N?«

Später überlegte Noble, die Polizei zu informieren. Der Irre war ganz offensichtlich von Cricket besessen. Aber was, wenn man ihn auslachen würde? Das ganze Büro wüsste im Nu Bescheid. Schlimmer, vielleicht würde er seinen Schnauzer abrasieren müssen, völliger Horror, und kündigen und Stütze beantragen. Nein, am besten die Klappe halten. Und das Ganze einfach verdrängen. Genau! So würde er es machen. Mit aller Entschlossenheit. Beim Schnauzer des Propheten.

Falls war zwischen Lachen und Weinen, am Rande der Hysterie. Sie fragte: »Weißt du, was der Sanitätertyp gesagt hat, als er sah, wie Dad dalag?«

Rosie wusste es nicht, antwortete: »Weiß ich nicht.«

»Ich liebe einen Mann AUF Uniform.«

Pause.

Dann grölten sie los.

Kevs Bruder Albert hatte eine große Leidenschaft, fast eine fixe Idee: die Monkees – wie sie einst gewesen waren. Und aufgrund weltweiter Verbreitung waren sie für alle Zeiten auf Zelluloid dazu verdammt, die Affen zu spielen – mit Scheißefressergrinsen für die Ewigkeit. Eine Hölle von mammuthaften Ausmaßen, der Beweis, dass Gott echt sauer war. Für Albert war es das pure Glück. Er kannte alle Texte und, schlimmer noch, die Dialoge der Fernsehsendung auswendig und gab sie zum Besten.

Als die »Jungs«, inzwischen über fünfzig und alt aussehend, sich zu einer Reuniontour zusammenfanden, war er entsetzt. Peter Pan darf nicht erwachsen werden, und wenn man Davy Jones mit dreiundfünfzig sah, wusste man, warum. Albert konnte den Monkee Walk nachmachen, hatte aber bitter lernen müssen, dass man eine solche Macke besser für sich behielt. Als er ihn Kev das erste Mal vorgeführt hatte, war er von ihm gnadenlos verprügelt worden. Albert träumte davon, das Strandhaus zu besuchen, in dem die Monkees ihre Abenteuer erlebt hatten. Wenn er nervös war, was oft vorkam, summte er »Daydream Believer« und stellte sich vor, die Fans würden draußen vor der Tür in Ohnmacht fallen. Er dachte, die E-Crew würde wie die Jungs werden. Er drehte sich eine Kippe und steckte sie mit einem Zippo an.

»Handjob«, sagte Kev dazu. Und: »Lutschst du wieder an deinem Handjob rum. Ich glaube nicht, dass Mickey Dolenz quarzt, oder?«

Nicht viel.

Eigentlich mochte Albert Mickey nicht so sehr. Er erinnerte ihn an ihren Vater, und der war der Gipfel der Gemeinheit gewesen. Ein teuflischer Dreckskerl. Kev flocht immer wieder Anti-Monkees-Propaganda ein, um ihn auf die Palme zu treiben. Als hätte er recherchiert! Beispiel: »Hey, Albert, du blöde Schlafmütze, dieser Mike Nesmith, der mit der Niggermütze, der ist fein raus. Seine alte Dame hat Liquid Paper erfunden, und Mike, nicht doof, hat das Patent verkauft. Ja, der olle Affe hat von Gillette siebenundvierzig Millionen bekommen. Das ist mal echt Asche, da kann er entspannt leben, wie? Is ja kein Wunder.«

Und Wolke sieben, als Peter Tork wegen Drogenbesitz im Knast landete. Kev war entzückt. Gab keine Ruhe. Sang ständig:

»We're just goofin' around.«

Als die *Simpsons* die Show auf den großen Sendern verdrängten, hasste Albert sie gleich doppelt. Auch weil sie so ignorant waren. Homer Simpson war wie Kevs Vorbild. Stellt euch vor. Albert war im Brixton Market gewesen und – ihr Götter, war das zu glauben? – hatte an einem Stand die Wollmütze von Mike Nesmith entdeckt, es dem Verkäufer erzählt, der sagte: »Mike wer? Den Typen kenn ich nicht.«

»Von den Monkees!«

Der Typ sah sich Albert genauer an, um zu checken, ob er verarscht wurde, warf dann einen raschen Blick in die Runde, sagte: »Ja, klar, das ist Mike Nevilles Mütze, genau die.«

Albert wurde misstrauisch. »Die von Nesmith?«

»Klar, Junge, aber er nennt sich zur Tarnung Neville. Weißt du, wegen der Fans und so.«

»Oh.«

»Ehrlich, Junge. Ich kann sie jedenfalls nicht verkaufen.«

Albert musste sie haben, flehte: »Ich muss sie haben.«

»Hmmm. Für zwölf kannst du sie vielleicht haben.«

»Ich hab nur einen Fünfer.«

Den sich der Verkäufer schnell unter den Nagel riss, sagte: »Sie gehört dir, Junge, obwohl ich sie nur ungern hergebe.«

Später überlegte der Typ, ob es um diese Teewerbung mit den Schimpansen gegangen sein könnte, aber er konnte sich an keine Mütze erinnern. War ihm auch scheißegal. Er holte ein weiteres Dutzend hervor. Kev verbrannte sie am selben Abend.

Zum Sterben

Falls fragte Rosie: »Weißt du, was Dads Beerdigung kosten soll?«

»Nee. Viel?«

»Zweieinhalbtausend.«

»Was? Dafür kannst du ja heiraten.«

»Und das beinhaltet noch nicht mal die Blumen oder die Trauerrede des Pfarrers.«

»Du hast was gespart, oder? Hast du doch?«

»Ähm ...«

»Oh Gott, du bist pleite!«

Falls nickte. Rosie suchte nach Alternativen, dann: »Kannst du ihn verbrennen?«

»Was?«

»Tut mir leid, einäschern, meinte ich.«

»Das wollte er nicht.«

Rosie lachte bitter. »Echt jetzt, ich finde nicht, dass der olle Arthur da wirklich was zu melden hat. Ihm kann doch scheißegal sein, was jetzt passiert, oder?«

»Ich kann nicht. Er würde mich heimsuchen.«

»Typisch. Sogar im Tod kleben die Männer an dir. Was ist mit dem Sozialfonds der Polizei?«

»Ich hab gefragt. Die geben was dazu, aber da er ja nicht selber Polizist war ...«

Rosie wusste noch einen Weg, fasste das heiße Eisen

aber nur ungern an. Sie sagte: »Es gibt noch eine Möglichkeit.«

»Ich mach alles. Oh Gott, Rosie, ich will ihn einfach unter der Erde haben, damit ich weiterleben kann.«

»Brant.«

»Oh nein.«

»Du hast keine Wahl. Und er hat Kohle.«

Dann tätschelte Rosie, um das Thema zu wechseln, ihre neue Frisur. Die obligatorische Dykematte, vom Haaransatz streng nach hinten gekämmt, in einem Dutt endend. Sie fragte: »Wie findest du meine neue Frisur? Man braucht das richtige Gesicht dafür.«

Falls betrachtete sie eingehend. Sie konnte nicht mal behaupten, die Frisur würde die Augen hervorheben, ein Gesichtszug, der wie der Rest besser tief im Verborgenen geblieben wäre. Normalerweise waren die Augen eine verlässliche Ausrede. Noch zur hässlichsten Kröte konnte man sagen: »Du hast schöne Augen.«

Aber nicht zu Rosie.

Falls platzte heraus: »Du bist echt mutig.«

Aber Rosie nahm es als Kompliment, flötete: »Ich geb dir die Adresse des Salons, da kriegst du kurzfristig einen Termin.«

Falls wollte sagen: »Dich haben die echt drangekriegt«, sagte stattdessen: »Das wäre schön.«

Brant kam reingestiefelt, und Rosie sagte: »Na, wenn man vom Teufel spricht ... Sergeant.«

Und schon kam er an, das teuflische Lächeln im Gesicht. »Meine Damen?«

»WPC Falls hat eine Bitte. Ich geh dann mal.«

Und sie haute ab. Brant sah ihr nach, fragte dann Falls: »Was in aller Welt ist mit ihren Haaren passiert?«

Shannon saß in einem Café an der Walworth Road, in Spuckweite von der alten Carter Street Station. Er hatte einen großen Tee bestellt, und als er gebracht wurde, fragte ein alter Mann: »Ist der Stuhl hier noch frei?«

»Ja, Sir.«

Der alte Mann war überrascht. Manieren waren in diesem Lokal so selten wie Tory-Politiker. Er setzte sich und wollte das gerade erwähnen, als der junge Mann sagte: »Ohne die Zustimmung beider Teamcaptains sollte kein Umpire während des Spiels ausgewechselt werden.«

»Hä?«

»Vor dem Münzwurf sollte der Umpire eventuelle Sonderbedingungen für den Verlauf des Spiels mit beiden Captains absprechen.«

»Ah, Sie sind wohl Cricketfan, wie?«

»Vor und nach einem Spiel stellen die Umpires sicher, dass der Spielverlauf und die benutzten Spielutensilien den Regeln entsprechen.«

Der alte Mann überlegte, sich wegzusetzen, aber es war nichts frei. Außerdem hatte er Teedurst. Er versuchte es mit: »Ham Sie heute frei?«

Der Umpire lächelte, beugte sich vor, berührte die Lippen des Mannes mit dem Zeigefinger, sagte: »Zeit zuzuhören, kleiner Mann, sonst werden diese Lippen entfernt.«

Bevor der Mann reagieren konnte, stand der Umpire auf, kam um den Tisch herum, legte dem Alten den Arm um die Schulter und flüsterte: »Der Umpire allein entscheidet über faires und unfaires Spiel.«

Die Kellnerin beobachtete sie, dachte, aah, das ist sein alter Herr, ist das nicht schön? Solche Zuneigung sieht man nur noch selten. Es versüßte ihr den Tag.

Während Brant und Falls zusammensaßen, ging das Kantinenradio an, Sting mit »Every Move You Make«. Brant verzog das Gesicht, sagte: »Die Hymne aller Stalker.«

Falls hörte ein bisschen zu, sagte: »Herrje, Sie haben recht.«

Er nickte ausdruckslos. Sie wurde nervös, wusste nicht, wie sie anfangen sollte, sagte: »Ich weiß nicht, wie ich anfangen soll.«

Er zog seine Weights hervor. Fragte: »Macht's dir was aus?«

»Mir persönlich nicht, aber hier ist Nichtraucher.«

Er zündete sie an, sagte: »Drauf geschissen.« Und wartete.

Falls wäre am liebsten gegangen. Ein schweigender Brant war wie eine geladene Pistole, schussbereit. Aber ihr blieb keine Wahl. Mit leiser Stimme sagte sie: »Ich hab da ein kleines Problem.«

»Geld oder Sex?«

»Was?«

»Es ist immer das Eine oder das Andere, immer.«

»Oh, okay, es geht um Geld.«

»Wie viel?«

»Wollen Sie nicht wissen, wofür ich es brauche?«

»Wieso, macht das einen Unterschied? Entweder gebe ich es dir oder eben nicht, eine Geschichte hilft da nicht.«

»Es geht um viel Geld.«

Er wartete.

»Dreitausend.«

Sie hatte keinen Schimmer, warum sie was draufschlug. Schob es den Nerven zu, glaubte es aber nicht.

»Okay.«

Sie konnte es nicht fassen, fragte: »Einfach so?«

»Klar, ich bin nicht die Bank, du musst kein Blut lassen.«

»Oh Gott, das ist wunderbar, ich schulde Ihnen was.«

»Genau.«

»Wie bitte?«

»Du schuldest mir was, wie du gesagt hast, du stehst in meiner Schuld.«

»Oh.«

Er stand auf, fragte: »Sonst noch was?«

»Nein.«

»Ich besorge das Geld bis Feierabend – reicht dir das?«

»Natürlich. Ich –«

Aber er war schon weg.

Brenzlige Lage

Brant war im »E«-Raum. Alles sah nach einer langen Ermittlung aus. Jemand hatte eine Mikrowelle aufgestellt. Er durchkramte die Leckereien, entdeckte eine Cornish Pasty, machte »Mhm« und steckte sie in die Mikrowelle. Ließ sie zweimal bestrahlen und nahm sie raus. Wagte einen Bissen und stampfte mit dem Fuß auf, Tränen liefen ihm aus den Augen. Die kochend heiße Pastete klebte am oberen Gaumen fest. Er griff nach einer Colaflasche und kippte sie runter. Als das Feuer schließlich nachließ, sagte er: »Herrgott.«

Eine vorbeikommende Polizistin bemerkte: »Essen Sie bloß nicht die Cornish, Sarge, die sind seit einer Ewigkeit abgelaufen.«

Das Telefon klingelte, er schnappte sich den Hörer: »Einsatzzentrale ›E‹.«

»Untersuchen Sie die Lynchmorde?«

»Ja, stimmt.«

»Ich habe Informationen.«

»Gut, sehr gut. Und wie heißen Sie, Sir?«

»Wenn Sie überprüfen wollen, ob ich es ernst meine, sehen Sie sich die Finger des letzten Opfers an.«

»Könnte ein bisschen schwierig werden, Kumpel – Sir.«

»Weil die Leiche verbrannt ist? Gebrochene Finger

lassen sich bestimmt trotzdem erkennen. Ich rufe in einer Stunde wieder an.« Der Anrufer legte auf.

Brant war elektrisiert, gab Roberts und dem Rechtsmediziner Bescheid. Als Roberts ankam, berichtete er ihm von dem Anruf und der Bestätigung durch den Rechtsmediziner: »Der Typ hatte recht, ich hab den Anruf gleich mal nachverfolgen lassen, er hat von einem Handy angerufen. Wenn er zurückruft, haben wir ihn.«

Roberts war beeindruckt, sagte: »Ich bin beeindruckt.«

Brant spürte das Adrenalin hochkochen. Fühlte sich an wie ein Hit. Roberts setzte sich. Mit völliger Gelassenheit sagte er: »Könnte die Saubermann-Verhaftung sein.«

Brant war bereits zu derselben Schlussfolgerung vorgeprescht, gab sich im Triumph großzügig: »Für uns beide, Guv.«

»Nein, der gehört allein Ihnen, wird vielleicht ein zweiter Rilke-Fall.«

Das Telefon klingelte. Brant gab den Technikern ein Zeichen, sie gaben ihm grünes Licht, er nahm ab. »Einsatzzentrale ›E‹.«

»Haben Sie die Finger überprüft?«

»Wir warten noch auf die Bestätigung.«

»Wir sind keine Verbrecher, wir erledigen nur, was die Gerichte unterlassen.«

Roberts malte ein H in die Luft. Hinhalten.

»Warum kommen Sie nicht mal vorbei, dann können wir reden und uns was überlegen.«

Aber der Anrufer sprach schon weiter. »Das war nicht so gedacht, wissen Sie, keine Weißen. Aber ich bin kein Rassist.«

Brant versuchte es. »Natürlich nicht, schließlich wohnen Sie ja in Brixton, stimmt's?«

Roberts schüttelte den Kopf, rührte die Luft um: Zurückrudern. Der Anrufer fuhr fort: »Ich glaube nicht, dass er aufhört, er findet Gefallen daran.«

»Aber Sie sind anders, das merkt man. Warum treffen wir beiden uns nicht mal?«

Es rauschte in der Leitung, dann Panik in der Stimme. »Scheiße, ich muss auflegen. Ich melde mich wieder.«

Und die Verbindung brach ab. Brant fluchte, warf den Technikern einen flehenden Blick zu. Sie waren einen Moment lang beschäftigt, hoben dann den Daumen, riefen: »Wir haben ihn!«

Brant reckte die Faust. »Ja!« Jubel im Raum.

Ein Techniker hörte zu, schrieb etwas auf und gab Brant einen Zettel. Er las vor: »Leroy Baker. Wir haben dich am Arsch, Junge!« Und griff nach dem Telefon.

Roberts hatte aufgehorcht, sagte: »Halt, halt – wie heißt der?«

»Leroy Baker, wir haben ihn.«

Roberts packte ihn am Arm, zog ihn in eine Ecke, sagte: »Hören Sie zu, Tom.«

»Scheiß auf zuhören, lassen Sie los – wir sind dran an ihm.«

»Tom, der Name. Das ist das erste Opfer.«

»Was?«

»Ja, er benutzt das Handy von dem Typen.«

Brant sackte auf einen Stuhl, murmelte: »Dieser Drecksdieb, dieser miese beschissene Scheißkerl, ich möchte nur fünf Minuten ...« Und er verstummte und schwieg.

Im Raum war es still geworden. Roberts sagte: »Was ist los, habt ihr Feierabend? Macht euch an die Arbeit!«

Halbherzige Geschäftigkeit setzte ein, man warf Brant verstohlene Blicke zu. Roberts legte ihm die Hand auf die Schulter. »Kommen Sie, Sergeant, ich geb Ihnen einen Drink aus.«

Eher Wahnsinn

1965. Der Umpire war eine Cricket-Legende gewesen. Schon als Schuljunge war er den Scouts der englischen Nationalmannschaft aufgefallen. Es wurde alles getan, um sein Talent zu nähren und zu fördern. Jedoch ...

Wenn Albert von der E-Crew ein paar grundlegende menschliche Verbindungsstücke abgingen und er als Mängelexemplar auf die Welt gekommen war, dann war der Umpire mit einer zusätzlichen Dimension geboren worden – der Dimension der Zerstörung. Er sah es gerne brennen. Am Tag seines ersten Schuljungenerfolgs steckte er den Pavillon in Brand. Und wurde erwischt. Sein Vater schlug ihn zu Brei, und man steckte ihn in ein Heim für die ernsthaft Gestörten. Das war die richtige Entscheidung. Die falsche Entscheidung war, ihn zu entlassen. Am ersten Abend zu Hause holte sein Vater alle Presseausschnitte hervor. All die Geschichten von Hoffnung und Erfolg, und dann peitschte er ihn mit dem Gürtel aus und brüllte: »In meiner Familie gibt es keinen Wahnsinn.«

Kann man Irrsinn schlagen? Das treibt ihn nur in den Untergrund. Lehrt die Kunst der Heimlichkeit. Als der Umpire seinen ersten Hund verbrannte, konnte er den Rausch kaum fassen, durch die Entdeckung selbst noch verstärkt. Folgende Worte ätzten sich in sein Hirn ein: »Sieh es brennen.«

Im Laufe der Jahre begann er, das englische Team zu beobachten. Der Ruhm, die Berühmtheit, die Auszeichnungen, die seiner Ansicht nach ihm zuteilwerden sollten. In seinem Hirn gärte es: Wenn er den Erfolg nicht haben konnte, warum sollten die ihn bekommen? Als er *Der Schakal* las, war er erleichtert. Danach *Die Hunde des Krieges*, und als seine Psychose voll erblühte, sah er sich selbst als Shannon, den Helden des Buches. Eines Tages, so dachte er, würde Frederick Forsyth ein Buch über ihn schreiben.

Roberts las sich den wachsenden Papierstapel über den Umpire durch, sagte: »Früher oder später bekomme ich den Mörder zu fassen. Wenn sie irre sind, macht es das leichter.«

Brant sagte: »Das ist mal eine sehr positive Einstellung. Weiter so, Guv.«

Eine verlegener Roberts wurde rot. »Das ist ein Zitat.«

»Ach?«

»Thomas Gomez in *Zeuge gesucht.*«

»Diese alten Schinken wieder, was Guv? Ist ein Schwarzweißfilm, ist ein Klassiker.«

»Seien Sie kein Dummkopf, Sergeant. Das ist Film Noir, war nie besser als in den Vierzigern und Fünfzigern.«

Brant verlor bereits das Interesse, sagte: »Sie müssen's ja wissen, Guv.«

Brant ist nicht wirklich ein Ignorant, dachte Roberts, aber er schwelgt in Ignoranz. Seine Leidenschaft galt einzig dem Sieg. Im Kopf spielte er die Szene zwischen Robert Mitchum und Jane Greer in *Goldenes Gift* durch:

»Das ist nicht die Art, wie man spielt.«

»Wieso?«

»Weil es nicht die Art ist, wie man gewinnt.«

»Gibt es eine Art zu gewinnen?«

»Tja, es gibt eine Art, langsamer zu verlieren.«

»Aaah.«

»Guv. Guv!« Brants barsche Stimme unterbrach seinen Film.

»Was?«

»Sie brabbeln mit sich selbst. Macht keinen guten Eindruck.«

»Das Privileg von Vorgesetzten.«

Brant war versucht zu entgegnen: »Eher Wahnsinn.« Aber er hatte es weit genug getrieben. Vorerst.

Schlampe?

Fiona hatte Penny zum »Kaffeetrinken« eingeladen. Sie hatte dafür Claridges ausgesucht, ein Versuch, die Klasse zu zeigen, nach der sie sich so sehnte. Es hätte sie amüsiert zu erfahren, dass sie mit WPC Falls eine musikalische Vorliebe teilte. Als sie ihren doppelten Cappuccino mit Sahne bestellte, spukte ihr der Text von »Misguided Angel« durch den Kopf. Der Kellner war Mitte zwanzig und verströmte die geforderte Mischung aus Verdrießlichkeit und Unterwürfigkeit. Kurz gesagt, ein Londoner Junge. Sie bewunderte seinen Hintern in der engen schwarzen Hose und spürte Hitze in ihre Wangen steigen. Er würde perfekt in den CA-Katalog passen. Der Kaffee kam mit all den Beigaben des Hotels. Ein Berg Servietten mit dem Claridges-Logo, falls einem entfiel, wo man sich befand, eine Schale voller arterienverklebender Sahne und ein dünner Keks in nicht zu öffnender Plastikverpackung. Penny kam und sah regelrecht schlampig aus. Kaum besser als eine Obdachlose. Sie tauschten Luftküsse aus. Haut kam nicht in Berührung. Das hatte weniger mit einem Bewusstsein für das HIV-Zeitalter zu tun, als mit dem schönen Schein, dem sie erlegen waren.

Fiona machte den Anfang: »Geht's dir gut?«

»Sehe ich nicht so aus?«

»Na ja, nein ... nein, tust du nicht.«

Penny drehte den Kopf, schrie: »Kellner, Espresso presto, okay?«

Fiona zuckte zusammen. »Schreien kommt im Claridges nicht so gut an. Diskretion ist hier zu solcher Vollendung gebracht, dass es ihnen lieber wäre, man käme gar nicht. Aber wenn es sein muss, dann leise, ja?«

Penny zog eine Silk Cut aus ihrer Handtasche, sagte: »Ich rauche wieder, mach mich fertig.«

Der Kellner brachte den Kaffee. Keine Extras, nur Tasse und Untertasse. Er wartete, und Penny fauchte: »Verzieh dich, Pedro.«

Tat er. Ohne weitere Vorrede legte sie los: »Der Mistkerl verlässt mich nach sechsundzwanzig Jahren Ehe. Haut einfach ab.«

»Aber warum?«

»Er braucht Freiraum. Kannst du fassen, dass er diese beschissene Ausrede benutzt? Alle sind in Therapie, und niemand ist mehr verantwortlich.«

»Kriegst du das Haus?«

»Ich krieg ihn an den Eiern, das verspreche ich dir.«

Dann kramte sie in ihrer Handtasche, brachte eine ungeöffnete Schachtel Chanel No. 5 zum Vorschein und knallte sie auf den Tisch. »Ich hab dir ein Geschenk mitgebracht.«

»Oh.«

»Tut mir leid, dass es nicht eingewickelt ist. Na ja, bezahlt ist es auch nicht.«

»Ich kann dir nicht folgen.«

»Ich hab's geklaut. Das mache ich dieser Tage, ich stromere durch die großen Läden und klaue Dinge, die ich nicht mal haben will. Montag habe ich ein Pfeifenset mitgehen lassen. Du möchtest nicht zufällig eine schöne Briar, oder?«

»Nein. Ach, Pen, wenn du Hilfe brauchst –«

»Soll ich eine Therapie anfangen oder so? Mein inneres Kind finden und verdreschen?« Sie sprang auf. »Ich muss los. Ich ruf dich an.«

Und weg war sie. Erst nach einigen Augenblicken ging Fiona auf, dass Penny die Espressotasse stibitzt hatte. Sie seufzte tief, dachte: »Hat nichts mit mir zu tun.«

Doch das hatte es. Penny hatte massive Auswirkungen auf ihr Leben. Sie packte die Chanel-Flasche aus, öffnete sie, tupfte sich ein bisschen hinter die Ohren, sagte: »Hmm, das hat Klasse.«

Der Anführer der E-Crew, Kevin, sang lauthals »Tom Traubert's Blues« alias »Waltzing Matilda«. Er war gut betrunken, um ihn herum lagen leere Thunderbird-Flaschen. Der Höhepunkt des Songs ging ins Crescendo über und Kev mit. Er war von der Kraft, ach was, Majestät seiner Stimme schier überwältigt. Sein Bruder Albert hatte ihm zu Weihnachten die *Greatest Hits Ballads* von Rod Stewart geschenkt, und jetzt röhrte er lautstark: »Ich liebe dieses verdammte Album!«, öffnete die nächste Thunderbird und trank sie fast in einem Zug leer. Er war Rod Stewart seit den Small Faces bis hin zu »Killing of Georgie« Parts one and two gefolgt, und, Scheiße noch eins, auch wenn Rod ein arrogantes Arschloch war, singen konnte der Scheißkerl wie ein nikotinisierter Engel. Jetzt begann Kev zu tanzen, Walzer, eins zwei ups drei mit einer eingebildeten Matilda. Sie war ein Verschnitt aus all den Frauen, die er nie gekriegt hatte. Dann, wie es seine Art ist, verwandelte der Alkohol Scheißglückseligkeit mit einem Schlag in Bösartigkeit. Kev stolperte und schubste seine Tanzpartnerin weg, brüllte: »Schlampe!« Speichel blubberte auf seinen Lippen, als der alkoholgetränkte Hass ihn in eine Dimension trieb, in der kaum jemand sein möchte. Kev hatte im Knast gesessen, eine lange Zeit. Aber er hatte Bücher entdeckt und herausgefunden, dass er damit fliehen konnte. Sein Held war Andrew Vachss, dessen Burke-Romane zu seiner Droge wurden, strotzend vor rechtschaffener Brutalität und totaler Vergeltung. Es kam ihm nie in den Sinn, dass Burke genau die Leute verfolgte, die wie er waren. Nicht, dass er sich nicht mit den reinen Bösewichten, den Vierundzwanzig-Karat-Psychos identifizieren würde, die sogar Burke Angst machten. Wesley, das Monster, der bei seinem Selbstmord einen drohenden Abschiedsbrief hinterließ: »Ich weiß nicht, wohin ich gehe, aber schickt mir lieber niemanden hinterher.«

Klasse. Kev hatte es abgeschrieben und trug es wie das Gebet der Verdammten mit sich rum. Verdammnis war romantisch, solange sie nicht wehtat. Als sein Bruder Albert geboren wurde, hatte man etwas ausgelassen, irgendein wichtiges Verbindungsstück, was ihn immer zwei Schritte hinterherhinken ließ. Kevin war sein Bruder und Tyrann. Die anderen beiden Crewmitglieder waren Nullen, nur dazu gut, Gefängnisse oder Fußballstadien zu füllen, und sie hatten eine Vorliebe für beides. Sie waren die Typen, die man nach einem großen Rennen beim Buchmacher findet, wo sie weggeworfene Wettscheine aufklauben, menschliche Tapeten. Als Gott die Rollen verteilte, hat er sie zu Statisten gemacht. Die Wut hatte sich Kevin schon früh gekrallt. Eine Reihe von Heimen, dann eine Besserungsanstalt, und dann dahin, wo die großen Jungs spielen. Knast. In Wormwood Scrubs musste er sich vor einem Drogendealer bücken, und damit schoss er sich auf diesen Berufszweig ein. Als er Burke für sich entdeckte, bekam seine Vision den Hauch eines Kreuzzugs, und die Saat der Selbstjustiz wurde gelegt. Die *Death-Wish*-Reihe von Michael Winner war eine Offenbarung. Wenn Bronson jemanden eliminierte, sprang das Publikum auf und johlte. Kevin wusste auf einmal, wie er berühmt und ein Held werden und eine Knarre benutzen konnte. Wenn er dabei auch persönliche Rechnungen begleichen konnte, tja, na ja, dann war das eben so. Die erste Waffe, die er sich besorgte, war ein nachgemachter Colt, und er verbrachte Stunden damit, vor dem Spiegel zu posieren. Krähte trotzig: »Bück dich! Jetzt bückst du dich mal, Arschloch ...

hey, Wichser ... ja, du!« Er holte sich *Taxi Driver* auf Video und fand seine Bestimmung. Dies war sein Schicksal, und er würde darauf bestehen, im Film von George Clooney gespielt zu werden. Die Puppen heiß machen. Manchmal, wenn er in Brixton vor der U-Bahn stand, kamen schwarze Typen in Autos vorbei, deren Namen er nicht mal aussprechen konnte. Rap donnerte aus den Lautsprechern, Arroganz wehte im Fahrtwind. Er knirschte mit den Zähnen und murmelte: »Du kriegst, was du verdienst, Motherfucker.« Als er die Crew zusammentrommelte, stellte er sich eine Mischung aus Robin Hood und Tarantino vor und versprach, sie würden die Titelseite der *Sun* füllen. Doug und Fenton war alles egal, aber wenn es Kohle brachte, warum nicht? Albert tat, was Kevin sagte, wie immer. Die »E« war geboren und ready to rock'n'roll.

Pflaster

Auf dem Weg in den Pub kamen Brant und Roberts an einem pinkelnden Trunkenbold vorbei. Mitten im Strahl setzte bei ihm Delirium tremens ein, sein ganzer Körper legte einen passablen Jig hin. Brant sagte: »Ein Stepptänzer.«

Der Pub war polizistenfreundlich. Was hieß, Cops wurden freundlich behandelt, alle anderen nicht. Eine vollbusige Barfrau begrüßte sie: »Zwei Officers.«

Brant lächelte. »Genau mein Typ.«

»Freundlich?«, fragte Roberts.

»Nein, große Titten.«

Roberts bestellte zwei Pint Best, Brant fügte hinzu: »Zwei Kurze, am liebsten Glenfiddich.«

Roberts sagte: »Prost.«

»Von mir aus.«

»Wissen Sie was, Tom, wir sollten das öfter machen.«

»Wir haben's doch noch nie gemacht.«

»Oh, sind Sie sicher?«

»Hundertpro, Guv.«

»Ach, Tom, das ist hier doch nicht nötig, der Rang zählt nicht.«

Aber er bot keine Alternative an. Brant versenkte den Kurzen, sagte zur Barfrau: »Maisie, noch einen.«

»Heißt sie so?«

»Jetzt ja.«

Vier Drinks vergingen. Roberts hob an: »Sie sind jetzt ungebunden.«

»Ganz genau.«

»Keine Kinder.«

»Keine, die ich anerkenne.«

Sechs Drinks später war Brant an der Reihe: »Sie und die Missus, Guv, geht's gut?«

»Tja, sie kommt und geht, wohin, sagt sie nicht.«

Acht Drinks später. Roberts: »Ich glaub, ich bin besoffen.«

»Nee, is noch früh.«

Sperrstunde. Roberts: »Wie wär's mit 'nem Curry? Ich könnte ein Chapati verschlingen.«

»Ja, holen wir was zum Mitnehmen. Molly!«

»Heißt sie nicht Maisie?«

»Nee, Molly, das sind immer Mollys.«

Mitternacht.

Als sie vor dem Pub saßen und ein scharfes Rotes Curry probierten, sagte Brant: »Wollen Sie bei mir pennen?«

Ein Bobby kam vorbei, hielt an, fragte: »Was ist denn hier los?«

Roberts brauchte ein bisschen, um den Blick scharf-zustellen, und lallte dann: »Sie sind verhaftet, Junge.«

Als Brant schließlich zu Hause war, wurde er lang-sam wieder nüchtern. Hatte einen ekligen Geschmack im Mund, schob ihn auf die Cornish Pasty. Auf Whisky schob er nie was. Nüchternheit kam schlagartig über ihn, als er sah, dass seine Wohnungstür aus den Angeln hing. Er brüllte: »Scheißkerle! Mit mir nicht, nicht mit mir!«

Das Wohnzimmer war verwüstet. Zerrissene Fotos. Und seine geliebte Büchersammlung: Die McBains waren geschreddert, die zarten Penguin-Cover in Stücke gerissen. Daraus häuften sich die Überreste von Matthew Hope und Evan Hunter. Zum allem Überfluss war überall Urin verspritzt worden. Er war blind vor Tränen, ein geflüstertes Schluchzen: »Ihr verdammten Tiere.«

Er lief ins Schlafzimmer, ignorierte das benutzte Kondom auf dem Kopfkissen, buddelte tief in seiner Schmutzwäsche, zog eine Handvoll Schlüpfer hervor, rief triumphierend: »Ah, ihr blöden Arschlöcher«, brachte eine geladene Browning Automatic zum Vorschein, steckte sie in den Hosenbund und stakste los. Ließ die Wohnungstür, wie sie war, sagte: »Daddy geht jagen.«

Brants Schulter rammte die Tür der Erdgeschosswohnung ein. Wenigstens ein bisschen ausgleichende Gerechtigkeit. Der Bewohner wollte sich vom Bett erheben, aber Brant war in Sekundenschnelle bei ihm, kniete auf seiner Brust, sagte: »Tut mir leid, dass ich dich geweckt hab, Rodney.«

»Mr. Brant, oh Gott. Mr. Brant, was ist denn los?«

»Irgendwer hat meine Bude auf den Kopf gestellt, Rodders, und zwar jemand, der echt dumm ist, und bis heute Mittag gibst du mir die Namen, sonst zieh ich hier bei dir ein.«

»Ihre Bude, Mr. Brant? Das würde doch niemand wagen, außer es waren Junkies, ja, so muss es sein, die sind total bescheuert.«

»Die Namen, Rodney, bis zum Mittagessen. Habe ich mich deutlich ausgedrückt?«

Er gab sein ganzes Gewicht rein, und Rodders keuchte, brachte heraus: »Okay, Mr. Brant, okay.«

Brant stand auf, fragte: »Hast du Aspirin da? Mein Kopf bringt mich um.«

Als er ging, fragte Rodney: »Meine Tür, Mr. Brant, wer übernimmt das?«

Brant betrachtete sie mit scheinbar übergroßem Interesse, sagte dann: »Du solltest da was machen, das ist ja wie 'ne Einladung. Weißt du, was ich meine?«

Um elf Uhr fünfzig rief Rodney Brant an, sagte: »Ich hab die Typen gefunden, Guv.«

»Ja?«

»Junkies, wie ich gesagt habe. Ein Typ und seine Freundin. Zufällig welche wie Sie.«

»Was, meinst du Bullen?«

Rodney war nicht sicher, ob ein höfliches Lachen angebracht war. Brants Humor war noch tödlicher als sein Temperament. Er entschied sich für Ernst, sagte: »Ähm, Macs eben, Iren. Aber sie sind schon eine Weile hier und sprechen eine Mischung aus Dublin und London.«

»Und wo finde ich diese kulturellen Botschafter?«

»Sie haben einen Platz am Elephant and Castle, in den Tunneln da. Er sitzt, und sie bettelt.«

»Wie auf dem Arbeitsamt, wie?«

Rodney spürte Schweißperlen auf der Stirn, wie immer, wenn er mit Brant zu tun hatte. Er hoffte, das Telefonat mit dem folgenden Satz beenden zu können: »Sie sind leicht zu erkennen, sie tragen ein Pflaster unter dem linken Auge.«

»Wieso?«

»Keinen Schimmer.«

»Okay, Rodders, gut gemacht. Lass von dir hören.«

»Bestimmt.«

Und er legte auf. Sein Herz dröhnte in seiner Brust. Er fühlte sich nicht gut, aber das war nichts im Vergleich zu dem, wie sich zwei Junkies bald fühlen würden. Er schüttelte das schlechte Gewissen mit den Worten ab: »Wer weiß, am Ende sind das Ben-Elton-Fans.«

Brant stöberte sie in Rekordzeit auf. Sie hockten bepflastert in den Tunneln und bettelten.

Netter Typ

Der Mann hockte auf einer Decke, die Frau lief hin und her. Sie waren in die Einheitskluft der Einschüchterung gehüllt: Bomberjacken, Doc Martens und eine bedrohliche Aura. Überraschenderweise kein Hund. Brant sah sich um. Niemand in der Nähe. Mit gesenktem Kopf ging er auf das Paar zu, ganz Inbild ängstlicher Erwartung. Lächelnd stellte die Frau sich ihm in den Weg und winselte: »N paar Münzen für'n Tee, Mistah?«

Als er auf ihrer Höhe war, schwang er das Bein und trat dem Mann ins Gesicht, dann wirbelte er zurück und knallte die Frau gegen die Wand. Er versicherte sich, dass niemand etwas mitbekam, und schmiss sie neben den Mann zu Boden. Eine Sinfonie geschockten Aufstöhnens erklang: »Was soll'n das, du Wichser?«

»Ah ...«

Brant hockte sich neben die beiden, packte den Mann bei den Haaren, sagte: »Was sollen die Verbände?«

Trotz seiner Verletzungen gelang es dem Mann, überrascht auszusehen: »Was?«

»Der Pflastergag, was soll das?«

»Weil, wenn ich verletzt werde, blutet sie.«

Brant lächelte und schlug der Frau mit der flachen Hand ins Gesicht. »He, pass auf.«

Sie versuchte, ihn anzuspucken, fragte dann: »Warum hacken Sie auf uns rum, Mistah? Wir ham Ihnen nix getan.«

Er schlug ihre Köpfe zusammen, da betrat ein Mann den Tunnel. Brant sagte: »Ihr habt eine Bude verwüstet, und zwar die falsche, das sage ich euch. Ihr habt jetzt zwei Tage Zeit, den Schaden wiedergutzumachen, sonst wird es richtig wehtun. Ihr könnt euch selber überlegen, wie viel es sein sollte. Sonst ... tja, sonst komme ich euch holen.«

Der Mann hatte sie erreicht, fragte: »Stimmt irgendwas nicht?«

Brant stand auf, sagte: »Nee, ich mache eine Umfrage zu sozialer Armut.«

Der Mann betrachtete das vermöbelte Paar, sagte: »Oh Gott, die bluten ja.«

»Ja, aber sehen Sie, die haben Pflaster, das sollte reichen.«

Brant trollte sich. Er schätzte das Gesamtalter des Paars auf etwa sechzig. Sie wirkten eher wie hundertsechzig. Egal, dachte er. Wie alle Junkies waren sie schon seit Jahren tot, nur hatten ihre Matschbirnen das noch nicht kapiert.

Shannon musste mitansehen, wie die Cricket-Story von den Titelseiten verdrängt wurde und immer weiter nach hinten Richtung Horoskope rutschte. Seine Story! Aber im Gegensatz zur E-Crew wurde er nicht wütend. Die Zeit arbeitete für ihn, und er wusste genau, wie er wieder in die Schlagzeilen kommen würde. Er war in mehreren Armeeläden gewesen und hatte ganz offiziell eine Armbrust gekauft.

Der Verkäufer hatte gesagt: »Ich hab leider nur drei Pfeile.«

Der Umpire lächelte, sagte: »Dann werde ich sie dreifach niederstrecken.«

Dem Verkäufer wäre es auch scheißegal gewesen, wenn er Arabisch gesprochen hätte, und sagte nur: »Von mir aus.« Steckte die Ware in eine Marks & Spencer-Tüte, warnte: »Passen Sie auf damit«, und sackte das Geld ein.

Jetzt testete der Umpire die Armbrust ungeladen aus und stellte fest, dass die Sehne schlackerte. Er straffte und probierte über eine Stunde lang, bis sie schließlich ein knackiges *Zing* abgab. Er konnte kaum glauben, wie einfach es gewesen war, den zweiten Cricketspieler umzubringen. Er hatte zumindest mit irgendeinem Bullen auf Streife gerechnet. Aber nix, *nada, tipota.*

Zu Beginn seines Kreuzzugs hatte er die meisten Teammitglieder im Telefonbuch nachgeschlagen, was seine Überzeugung und Begeisterung gestärkt hatte. Drei wohnten in Südost-London. Das wurde immer besser. Die schiere Kraft der Pfeile verzückte ihn. Als er den Wicket-Keeper die Treppe herabpoltern gesehen hatte, war er wie berauscht gewesen. Aber Schlauheit siegt. Er steckte die Waffe schnell in die Tüte und ging von dannen. Shannon zeigte sich langsam wieder, als beide Persönlichkeiten brüllten: »Mord rufen und des Krieges Hund entfesseln«.

PC Tone war das, was man früher als Jüngling bezeichnet hätte. Er hatte keine Akne, war aber nahe dran. Mit dreiundzwanzig sah er aus wie siebzehn. In Südost-London kein Vorteil. Aber er hatte vier O-Levels und einen A-Level bestanden. Die sich verändernde Met schaute auf Noten, nicht in Gesichter. Als er zum ersten Mal Brant unter die Augen kam, hatte der gesagt: »Scheiße noch eins.«

Tone vergötterte den Sergeant. Dessen Ruf von Brutalität, Rebellion und Inkompetenz war unwiderstehlich. Tones Begeisterung nahm auch dadurch keinen Schaden, dass Brant ihn verachtete, denn Brant verachtete anscheinend jeden. Tone hoffte, sich an Brant ranklemmen zu können, um die besten Polizeimethoden zu lernen. Nicht ganz einfach, denn meistens bekam er zu hören: »Verpiss dich, Kleiner.« Bis heute Morgen.

Er war sozusagen einbestellt worden. Brant saß in der Kantine und verschlang einen Doughnut mit Zuckerguss. Er hatte als Einziger eine eigene Tasse, sogar die höheren Ränge bekamen Plastikbecher. Auf seiner großen, angeschlagenen Tasse prangte Rambo. Brant lächelte breit, Zuckerkrümel zwischen den Zähnen, sagte: »Setz dich, Jungchen.«

Tone maß eins fünfundachtzig und war linkisch. Er hätte Richard McGough als Inspiration für die PC

Plod-Gedichte dienen können. Sein Haar trug er kurz und gegelt. Sein Gesicht bestand aus regelmäßigen Zügen, und sein ganzes Auftreten verkündete »netter Typ«.

Er setzte sich.

Brant schenkte ihm einen aufmerksamen Blick, fragte dann: »Tee oder Kaffee, Jungchen?«

»Ähm, ich glaube, Tee.«

Brant schnaubte: »Na, er kommt nicht von selber, Kleiner, hoch mit dir und füll mir noch mal nach, zwei Zucker.«

Die Kantinendame, die Doris hieß, zwinkerte Tone zu und sagte: »Pass lieber auf.«

Als er zurückkam, sagte Brant: »Super gemacht«, trank dann einen Schluck. »Herrgott, du hast ja gar nicht umgerührt.«

Was stimmte. Dann zog er seine Weights hervor, sagte: »Ich würd dir eine anbieten, aber hier ist Nichtraucher«, und steckte sich eine an. Tone probierte seinen Tee. Er schmeckte wie Kaffee oder Terpentin oder eine clevere Mischung aus beidem. Brant beugte sich zu ihm, sagte: »Willst du vorankommen, Jungchen? Hast du Ehrgeiz?«

»Ja, Sir.«

»Gut, sehr gut. Ich habe eine kleine Aufgabe für dich.«

»Ich bin bereit, Sir.«

»Klar bist du das, so ein junger Prachtkerl wie du. Du wirst Legionen zeugen.«

»Sir?«

»Also, es geht um zwei Penner, ein Mann, eine Frau. Ende zwanzig. Sie hocken in den Tunneln am Elephant and Castle. Haben Pflaster im Gesicht. Ich will ihre Namen wissen, wo sie hausen, mit wem sie sich rumtreiben, Vorstrafen. Kapiert?«

»Ja, Sir.«

»Na, dann häng hier nicht rum, Kleiner, auf geht's.«

Tone stand verwirrt auf, dann: »Aber, Sir ... warum? Ham sie was gemacht? Aus welchem Grund?«

Brant hob eine Hand, die Innenfläche nach vorne. »Whoah, Sherlock, immer ruhig mit den jungen Pferden. Der Grund ist, dass ich es sage – kapiert?«

»Ja, Sir.«

»So läuft das, ach, und, Tome ...«

»Tone, Sir. N, nicht m.«

»Von mir aus. Kein Wort darüber, klar?«

Als der Constable gegangen war, sagte Brant keineswegs leise: »Scheiß Wurm.«

Mitbewohner?
Ein Gehämmer, das die Toten weckt

Falls träumte gerade von ihrem Vater, als das Gehämmer einsetzte. Sie wachte auf, sah auf die Uhr, halb vier morgens, und vernahm ungläubig: »Aufmachen, hier ist die Polizei.«

Sie warf sich einen Bademantel über, ging zur Tür, öffnete mit vorgelegter Sicherheitskette. Brant.

»Was um –?«

»Ich grüße Euch.«

Sie roch die Alkoholbugwelle, außerdem sah er irrsinnig aus. Sie sagte: »Sergeant, das ist wirklich keine gute Zeit.«

»Ich muss pennen.«

Und sie kapierte: »Zahltag.«

Bevor sie protestieren konnte, sagte er: »Sei nicht albern. Bei mir ist eingebrochen worden. Ich schlafe auf dem Sofa.«

Widerstrebend öffnete sie die Tür. Er schlurfte rein, murmelte: »McBain, Hunter, alle weg.«

»Freunde von Ihnen?«

Er gab etwas ab, das sich nur als Gegacker beschreiben ließ, und sagte: »Freunde? Ja. Ja. Das waren sie wohl, und bessere als die meisten anderen.« Er ließ sich aufs Sofa plumpsen, sagte: »Herrje, ich muss pennen.

Mach Licht aus, ja?« Und schnarchte innerhalb von Minuten. Sie holte eine Decke von ihrem Bett. Als sie sie über ihn legte, sah sie die Waffe in seinem Hosenbund. Aus Angst, er könnte etwas anrichten, wollte sie danach greifen, aber er packte ihr Handgelenk. Sagte: »Fass meine Knarre nicht an.«

Während sie versuchte, wieder einzuschlafen, wünschte sie sich: »Hoffentlich schießt er sich die Eier ab.«

Falls war stolz darauf, ihre Wohnung zur Nichtraucherzone erklärt zu haben. Nicht mal ihr alter Herr, egal, wie besoffen er war, hatte es gewagt, hier seine Selbstgedrehten anzuzünden. Jetzt wachte sie von Nikotingestank auf, ganze Wolken zogen über sie hinweg. Sie stürmte ins Wohnzimmer, fand Brant in ihr bestes Handtuch gewickelt vor, zwischen seinen Lippen hing eine Kippe. Er sagte: »Hab Frühstück gemacht. Na ja, so gut wie. Hab Wasser gekocht. Was möchtest du, ist Kaffee in Ordnung?«

»Nein, danke. Ich trinke Tee.«

Als sie in die Küche ging, fiel ihm auf: »Herrje, du hast wirklich einen dicken Arsch, wie?«

In der Küche herrschte Chaos. Benutzte Tassen, Geschirrtücher voller Flecken, überall geöffnete Einmachgläser. Er war ihr hinterhergetrabt, fragte: »Wie war's denn?«

»Was?«

»Die Beerdigung.«

»Oh. Toll. Nein, ich meine, ganz gut, ziemlich klein.«

»Er war ein kleiner Mann, wie?«

Sie sah ihn wütend an. »Soll das witzig sein?«

»War Roberts da?«

»Ja, und Mrs. Roberts auch.«

»Ah, die wunderbare Fiona. Die würde ich gerne mal reiten.«

Sie knallte eine Tasse neben die Spüle, sagte: »Ehrlich, Sergeant. Sind Sie mit Absicht widerwärtig?« Er sah sie aus fast unschuldigen Augen an.

»Ich? Hör mal, Babe, jetzt reg dich mal nicht auf, das ist meine gute Seite.«

Sie sah ihn angewidert an, sagte: »Sie haben da Blut am Kinn.«

Er wischte es mit einem Zipfel des Handtuchs ab, ihr weißes flauschiges Lieblingshandtuch, sagte: »Dieser Damenrasierer hat mir fast die Haut abgerissen.«

Noch was für die Tonne, dachte sie seufzend. Er stand auf, sagte: »Ich muss dich um ... Mithilfe bitten.«

»Oh?«

»Wenn es irgendwas Neues – sagen wir, Informationen – über die großen Fälle gibt, wäre ich für einen Hinweis dankbar, bevor Roberts was spitzkriegt.«

»Also, ich weiß ja nicht, Sarge, ich meine ...«

»Komm schon, Falls, das ist nicht zu viel verlangt. Er wird alles erfahren. Letzten Endes.« Ohne ein weiteres Wort ging er ins Wohnzimmer, zog sich an, präsentierte sich, fragte: »Wie sehe ich aus?«

»Ähm ...«

»Ja, hab ich mir gedacht. Ich muss ein Gespräch mit einem Junkie führen.«

Sie hatte das Gefühl, ein bisschen zu kalt, nein, barsch gewesen zu sein, und bemühte sich um etwas mehr Milde. Im Flur sagte sie in sanftem Ton: »Sarge, danke, dass Sie sich, na ja, nicht an mich rangemacht haben.«

»Hey, ich bespringe keine Hilfskräfte, okay.«

Roberts hatte sich eine Doku über Francis Bacon angeschaut. Vor allem hatte ihm Bacons Ausruf beim Betreten eines Clubs in Soho gefallen: »Champagne for my real friends. Real pain for my sham friends.« Er erlebte selber einige Schmerzen. Der Chief Superintendent zog ihm das Fell über die Ohren und wiederholte dabei immer wieder: »Ich gehöre nicht zu denen, die sagen: ›Ich hab's Ihnen ja gleich gesagt‹.«

Er suhlte sich wegen der »Aufklärung« der Cricket-Morde in Selbstgefälligkeit. Roberts schäumte, sagte leise: »Ach, der Fall ist aufgeklärt?«

»Mäßigen Sie Ihren Ton, mein Junge. In unseren Augen ist er aufgeklärt.«

Roberts hätte gerne gebrüllt: »Fick dich, Sir, fick die Sesselfurzer und die Befehlskette und die Politiker.« Aber er sagte: »Wenn Sie das sagen, Sir.«

»Ich sage es. Unsere amerikanischen Vettern reden von Parasiten. Ist Ihnen das geläufig?«

»Sie meinen Schmarotzer, Sir?«

»Brant ist ein gutes Beispiel dafür. Schauen Sie mal hier.« Und er warf ein Dokument über den Tisch. »Der

Yard hat sich bei mir gemeldet. Ihrem heißgeliebten Detective Sergeant wird vorgeworfen, Schmiergeld von einem gewissen Mr. Patel kassiert zu haben, einen Tabakladenbetreiber im West End eingeschüchtert zu haben, brutal gegen einen angeklagten Vergewaltiger vorgegangen zu sein, Gratispizzas von einem Pizzalieferdienst angenommen zu haben ... es geht noch weiter.«

Roberts warf kaum einen Blick auf die Liste, sagte: »Peanuts. Er ist ein guter Polizist.«

»Er ist Vergangenheit, das ist er. Wahrscheinlich könnte ihn nicht mal eine Zaubermann-Verhaftung noch retten.«

»Es heißt Saubermann, Sir. Eine Saubermann-Verhaftung.«

»Sind Sie sicher? Nun, ich will sicherstellen, dass er so einen nicht noch abzieht. Damit sind Sie wieder für die Selbstjustizsache verantwortlich. Sehen Sie zu, dass das schnell in Sack und Tüten ist.«

»In Sack und Tüten, Sir?«

»Machen Sie sich an die Arbeit, und ich möchte Sie daran erinnern, dass Sie selber auf dünnem Eis stehen, es hat bereits Fragen gegeben.«

Damit war er entlassen. Draußen strich er sich mit dem Finger über das Ohr. Eine WPC kam vorbei, sagte: »Ist alles in Ordnung, Sir, mit Ihrem Ohr, meine ich?«

»Oh ja, man hat mir gerade einen Floh hineingesetzt.«

Das Gesetz der Grube: Wenn man drinsitzt, nicht weiterschaufeln

Als die Nachricht über den Mord eintraf, brach auf dem Revier die Hölle los. Der Super galoppierte über den Flur, stürmte in Roberts' Büro, brüllte: »Sie sind erledigt, Bürschchen, es hat wieder einen gegeben.«

Roberts wollte sagen: »Ich hab's Ihnen ja gesagt«, rannte aber stattdessen los, rief: »Los, überrascht mich, sagt mir, dass Brant in Reichweite ist.« Niemand überraschte ihn.

Die schon fast eingedampfte »U«-Einsatzzentrale wurde reaktiviert, und Roberts bekam die Einzelheiten des Mordes mitgeteilt. Er fragte: »Irgendwelche Zeugen?«

»Nein, Sir.«

»Die Waffe?«

»Eine Armbrust, Guv.«

»Verdammte Scheiße. Wenn das die Presse hört!«

Schweigen.

»Was, sie weiß es schon?«

»Sorry, Guv.«

»Heilige Scheiße, wir sind am Arsch. Keine Chance, den Schaden irgendwie zu begrenzen?«

Köpfe wurden geschüttelt. Negativ.

Roberts setzte sich, sagte: »Gibt es auch gute Nachrichten?«

Falls wollte die Stimmung auflockern, sagte: »Na ja, wir haben eine Ladendiebin im Vernehmungsraum.«

Sein ganzer Blick traf sie. Er sprach langsam: »Das soll vermutlich der Aufmunterung dienen. Wie wäre es damit, WPC: Sie muntern sich mal auf Ihre zwei Beine, übernehmen die Vernehmung und gehen mir aus den Augen!«

Damit hatte Roberts zwei Fehler gemacht. Der erste: nichts über die Ladendiebin zu erfahren. Der zweite: die bisher loyale Falls gegen sich aufzubringen.

Der Vater des Umpire hatte das Haus mit gerahmten Fotos diverser Cricketgrößen ausgeschmückt. Ein Who-is-who der Besten. Er zeigte dann darauf und schrie: »Du hättest der Beste von allen sein können, aber nein, du bist ein Weichling, ein Muttersöhnchen. Du wirst niemals so hell leuchten wie diese ... diese Giganten.« Licht, ein Licht zum Leuchten bringen. Er sah es als Mantra der Finsternis.

Der ganze Stolz seines Vaters war ein dreijähriger Setter namens Fred Truman. Geschmeidig und arrogant, der Herr im Haus. Am Tag seiner Verwandlung entsinnt sich der Umpire seiner, als hätte er eine Vision.

Auf BBC1 lief *Die Hunde des Krieges*. Die Bilder flackerten über den dösenden Fred Truman. Der Umpire hatte das Schlagholz seines Vaters aus der Glasvitrine genommen und sagte: »Hier, Fred, komm und hol's dir.« Als der Hund den Kopf hob, schlug der Umpire zu. Er hörte, wie das Publikum im Lord's Cricket Ground aufsprang, der Applaus über dem Oval anschwoll, und der Hund lag betäubt da. Der Umpire legte das Schlagholz neben ihn und überschüttete Fred und Bat mit Benzin. Im Fernsehen lud Christopher Walker durch, das Streichholz flammte auf, als die Worte erklangen: »Mord rufen und des Krieges Hund' entfesseln«.

Falls setzte sich ihr gegenüber, legte die Akte auf den Tisch und machte auf Brant. Sagte: »Tja, Penny, oder Penelope, was soll's sein?«

Keine Antwort.

»Alles klar, dann nehmen wir Penny, in Ordnung?«

Keine Antwort.

»Sie kommen ins Gefängnis, Penny.«

Keuch!

»Aber ja. Wie ich sehe, sind Sie schon zwei Mal erwischt worden, haben aber Bewährung bekommen. Hier steht, Sie haben sich zu einer Therapie bereiterklärt. Ich muss Ihnen leider sagen, die hat nichts gebracht.«

»Ich kann nicht. Ich kann nicht ins Gefängnis gehen.«

»So ist es nun mal, Penny. Die Gerichte haben die Schnauze voll davon, ihre Zeit mit reichen Frauen in den Wechseljahren vergeuden zu müssen. Sie werden sechs Monate in Holloway einsitzen müssen. Die Mädels da wissen Klasse zu schätzen. Lachen Sie sich eine nette Lesbe an, dann vergeht die Zeit wie im Flug.«

Penny begann zu lächeln, sagte: »Oh, das wird nicht passieren. Wissen Sie, ich habe einen Deal anzubieten.«

»Wir sind hier nicht auf dem Basar, da wird nicht geschachert.«

»Seien Sie sich da nicht so sicher. Ich muss mit Ihrem Vorgesetzten sprechen.« Hier zog sie ihr Lächeln noch ein My breiter und fügte hinzu: »Das ist nichts fürs Fußvolk. Holen Sie den Häuptling, gutes Mädchen.«

Falls war nahe dran, ihr eine zu kleben, und begriff, dass Brant vielleicht recht hatte. Sie stand auf und verließ das Zimmer, überlegte, ob sie zu Roberts gehen sollte oder nicht. Zwei Faktoren bestimmten ihre Entscheidung: erstens, ihre Wut auf Roberts, zweitens, der Beinahe-Zusammenstoß mit Brant.

Er sagte: »Whoah, Kleine, nicht so stürmisch.«

Sie erstattete Bericht, musterte seine Miene und kalkulierte. Er sagte: »Ich rede mal mit ihr, ja? Du stehst draußen Schmiere.«

»Sollte ich nicht dabei sein?«

»Nicht deine Liga, Süße. Aber weißt du was, ich könnte killen für'n Kaffee.« Er öffnete die Tür, schaute zurück und sagte: »Doppelt Zucker, Liebes.«

Brant musterte Penny und setzte sich langsam. Sie sagte: »Sind Sie ein Vorgesetzter?«

Er lächelte das teuflische Lächeln, fragte in seiner feinsten Südost-London-Spreche: »Was glaum Sie'n?«

»Dass Sie wie ein Verbrecher aussehen.«

»Das auch! Also, Süße —«

Sie fauchte: »Unterstehen Sie sich. Ich bin nicht Ihre Süße.«

»Zumindest noch nicht. Was ham Sie?«

Sie war töricht und versuchte, ihn zu schlagen. Er fing ihre Hand ab und gab ihr mit der anderen zwei Backpfeifen. Die Abdrücke seiner Finger glühten auf ihren Wangen.

Er fragte: »Habe ich jetzt Ihre Aufmerksamkeit?«

Sie nickte.

»Alles klar, Baby. Was geht?«

Sie erzählte ihm vom CA-Club, von Fiona. Das ganze Brimborium. Er hörte geduldig zu, dann: »Ihr bezahlt für Sex?«

»Ja.«

»Fick mich.«

»Wir zahlen, um genau das zu vermeiden.«

Das gefiel ihm, er sagte anerkennend: »Frech.« Dann: »Erzähl noch mal von vorne, Süße.« Sie tat es.

Er dachte eine Weile nach, zog die Weights hervor und bot ihr geistesabwesend eine an. Sie griff zu und wartete auf Feuer. Schließlich kriegte er es mit, sagte: »Herrgott, soll ich die auch noch für dich rauchen?« Klopfen an der Tür. Falls lugte herein, sagte: »Der Chief Inspector kommt gleich vorbei.«

»Mach die Tür zu.« Sie tat es.

Brant nahm den letzten Zug, saugte seine Wangenkochen bis zu den Augen hoch, beugte sich vor, sagte: »Hier ist der Deal. Nicht verhandelbar.«

»Wenn die erste Seite ihre Innings vollendet hat, kommt die andere Seite an die Reihe. Ein Spiel kann aus ein oder zwei Innings jeder Seite bestehen. Wenn das Spiel nicht bis zu einer Entscheidung gespielt wird, wird es als Remis gewertet.«

Der Blues

Die Beerdigung des ersten Cricketspielers war eine Riesensache. Der Sarg wurde von seinen Teamkollegen getragen, die ihre weiße Kluft anhatten. Sogar der Rassismuskrach um Devon Malcolm ebbte kurzzeitig ab. David »Syd« Lawrence hatte dazu aufgerufen, Ray Illingworth aus allen Fernseh- und Radiosendern im Land zu verbannen. Der ehemalige Vorsitzende der Selectors hatte den Derbyshire-Paceman angeblich als »Nignog« bezeichnet. Die Offiziellen bei Lord's beteten, dass die Beerdigung von der ganzen elenden Affäre ablenken würde. So geschah es.

Die Polizei rückte in Massen an und sperrte fast ganz Südost-London ab. Es wurde befürchtet, dass der Umpire versuchen würde, die verbleibenden neun auf einen Streich auszulöschen. Sky hatte sich die Exklusivrechte gesichert und dachte über eine ganze Serie über tote Cricketspieler nach. Gerüchteweise wollte Sting für den Anlass einen Song komponieren, aber das stellte sich als Panikmache heraus. Bei vielen Leuten klappte es.

Brant und Roberts hockten auf dem Dach der St. Mark's Cathedral, laut dem Super eine taktisch kluge Position.

»Draußen in der Scheißkälte«, knurrte Roberts.

Brant ließ das Fernglas sinken, sagte: »Aber ein guter Blick. Die *Big Issue* verkauft sich gut.«

»Wir sind raus, Tom, die Big Boys bestimmen, wo's langgeht. Das Ganze ist eine Riesenmedienshow. Wenn die nicht ein bisschen Lokalkolorit brauchen würden, säßen wir komplett auf unseren Hintern.«

Was Brant egal war. Je größer die Ermittlung sich aufblähte, desto weniger Aufmerksamkeit lag auf ihm. Er fragte: »Glauben Sie, die kriegen ihn?«

»Die Chancen stehen in etwa so gut wie die, dass Sie beim Cricket durchblicken.«

»Ich verstehe ein bisschen was davon.«

Roberts schraubte eine Thermoskanne auf, füllte ihre Becher nach und fragte: »Ach ja? Wer ist Allan Donald?«

»Hm?«

»Hab ich mir gedacht.«

»Na los, Guv. Sagen Sie schon.«

»Der südafrikanische Paceman, dem Warwickshire Unsummen geboten hat, um die Hundert-Wicket-Grenze zu sprengen.«

»Er ist also gut, ja?«

»Gut? Er hat '95 für die Nationalmannschaft neunundachtzig erstklassige Opfer geholt. Und '96, als er ein Jahr nicht für die Nationalmannschaft spielte, hat er hundertsechs Wickets geholt und Rishton einen League-Titel gesichert.«

Roberts hatte die Stimme erhoben, als er sich wieder einkriegte, sagte er entschuldigend: »Ich lasse mich mitreißen.«

Brant hatte ein Sandwich gefunden, biss rein und sagte: »Ist mir scheißegal, Guv.«

Roberts wurde schweigsam, sah, dass die Beerdigung kurz ins Stocken kam, und stellte sich vor, dass alles still wurde, ein schwebender Moment, in dem Erinnerungen wach werden an vergangenen Ruhm, an das Geräusch des Schlagholzes gegen den Ball und die gespannte Erregung der Menge.

Brant sagte: »Wenn ich raten müsste, Guv, würde ich sagen, Sie haben noch nie am Paradies-Syndrom gelitten.«

»An was?«

»Erinnern Sie sich an die Eurythmics, die Tussi, die wie ein Bowie-Abklatsch ausgesehen hat, und der Hippie-Typ namens Dave Stewart. Haben Unsummen Kohle gemacht, da haben Sie das Paradies-Syndrom.«

»Glückspilz, die Art Depression hätte ich auch gern mal.«

Sie betrachteten den endlosen Autokorso. Brant sagte: »Gibt nur einen Song, der zu dieser Beerdigung passt.«

»Als da wäre?«

»›Brothers in Arms‹, nix anderes.«

Brant begann seine Brust zu kratzen, Roberts sah es und sagte: »Ah, Sie haben eine Met-Weste an. Ich dachte schon, Sie hätten zugelegt.«

Stich- und schusswaffensichere Westen, die die Met an dreißigtausend Polizisten verteilt hatte. Natürlich waren die Dinger nicht billig gewesen und passten unter kein Diensthemd, sodass die gesamte Belegschaft mit neuen Hemden ausgestattet werden musste.

Das amüsierte Roberts ohne Ende, seine Stimmung war fast heiter. Er schwelgte in Erinnerungen: »Der Abend neulich, Tom, als wir ein bisschen was getrunken haben, der hat mir ziemlich die Augen geöffnet.«

Brant zerrte mürrisch an der Weste, sagte: »Verdammtes Ding. Was? Ach, neulich Abend, ja, war wohl so. Aber wenn ich mir ein paar hinter die Binde kippe, hoffe ich immer, dass eine für mich die Beine öffnet. So 'ne Weste trage ich nie wieder.«

Ein TV-Hubschrauber schwebte über ihnen, der Kameramann zoomte auf Roberts und Brant ein. Der Pilot fragte: »Was Interessantes?«

»Nee, bloß 'n paar Wichser.«

Die abgelegte Met-Weste lag auf dem Dach der Kathedrale wie ein ungesprochenes Gebet.

Auf dem Zettel stand: *Jährliches Met-Fest. Gerne in Verkleidung. Eintritt 10 Pfund. Büfett & Bar, Sixties-Band. Alle Ränge sind eingeladen.* Roberts starrte darauf, als Brant sich neben ihn stellte und sagte: »Sixties? Wenn das heißt, dass es die seit den Sechzigern gibt, müssten sie inzwischen weit drüber sein.«

»Ihr Gehirn hat wirklich merkwürdige Windungen, Sergeant. Keine Ahnung, ob es daran liegt, dass Sie Ire, Polizist oder ein echt schräger Typ sind.«

Ein Licht leuchtete in Brants Augen auf. »Herrje, Guv, ich hab einen Geistesblitz.«

»Ja? Sie wissen, wer der Umpire ist?«

»Mensch, die Verkleidungen. Hier meine Idee ...« Roberts hörte sie sich an und rief aus:

»Ich kann doch nicht ... Herr im Himmel, Sergeant, die würden doch glauben, wir verarschen sie.«

»Ach, kommen Sie schon, Guv, das ist ein super Einfall, das ist richtig ... wie heißt das Wort noch, das Sie so gern sagen – Nora?«

»Noir. Ja, stimmt irgendwie, ich denke drüber nach.«

»Gut, Guv. Sie werden sehen, das wird saukomisch.«

»Hmm.«

Regel 42: Unfaires Spiel.
Die Umpires entscheiden allein über
faires und unfaires Spiel.

Niemand hört mehr Mantovani, jetzt mal im Ernst. Nicht mal Mantovani selber. Er ist ins Fünfziger-Regal verbannt und unter »Sonstiges« abgelegt worden.

Nur Graham Norman hörte ihn, und zwar ständig. Seine Frau hatte die Witzeleien darüber irgendwann aufgegeben, und seine Kinder beteten nur, dass der Typ es niemals auf CD schaffen würde. Als Captain der englischen Cricket-Nationalmannschaft konnte sich Graham Marotten leisten.

Er hatte eine unspektakuläre Privatschule besucht, aber Ehrgeiz lodert wie die alten Werte. Er hatte ein klein wenig Talent und eine unstillbare Lust auf Training, außerdem wusste er zu gefallen, vor allem der Presse. Schon früh knüpfte er Kontakte, und als sein Aufstieg begann, nahm er sie mit. Er fing an, Golf zu spielen, um aus seiner Namensähnlichkeit mit Greg Norman Profit zu schlagen. Einer seiner stolzesten Momente war in einem gerahmten Foto von ihnen beiden festgehalten, darunter die Inschrift »Zwei Größen«.

Er sah sich in seinem Arbeitszimmer um und war fast zufrieden. Für einen Jungen aus dem Londoner

Südosten hatte er es weit gebracht. Als Mantovanis Bemühungen ihren schwachen Höhepunkt erreichten, steckte seine Frau den Kopf zur Tür herein und sagte: »Herrgott noch mal, stell das leiser. Ich höre das schon auf deiner Beerdigung laufen.«

Ein Satz, der sie schon bald einholen und verfolgen sollte.

Als Brant aus dem Revier trat, kam ein Fernsehreporter auf ihn zu.

»DS Brant?«

»Wer will das wissen?«

»Ich bin Mulligan von Channel 5. Ich bewundere Sie schon, seit Sie den Rilke-Fall gelöst haben.«

Brant lachte schallend, und der Reporter wich zurück. Er gab dem Kameramann hinter dem Rücken ein Zeichen zum Aufnehmen.

»Habe ich etwas Komisches gesagt, DS?«

»Mr. Mulligan. Nicht mit dem Gold-Cup-Gewinner verwandt, nehme ich an?«

»Ich würde gerne wissen, was Sie über die Cricket-Morde denken.«

»Kein Kommentar, mein Bester, nicht mein Fall.«

»Aber unter uns, was für ein Mensch steckt Ihrer Meinung nach dahinter?«

»Ein Irrer. Irgendein Bettnässer. He, nehmen Sie das etwa auf?«

»Vielen Dank, Detective Sergeant Brant.«

Es lief zur besten Sendezeit, und auch der Umpire schaute zu. Am nächsten Tag heftete er sich an Brants Fersen. Er hatte nicht vorgehabt, Polizisten umzubringen, aber seine Wut war so groß, dass er sich dazu gezwungen sah. Zwei Tage später hielt er vor Brants Wohnung Wache, als der mit einem sehr räudigen Köter an einer zerfransten Leine auftauchte.

Er beobachtete sie und erkannte die gegenseitige Zuneigung. Es sah aus, als hätte jemand versucht, das Tier zu scheren. Doch selbst der Umpire merkte, dass sie auf bizarre Art gut zueinander passten. Und da wusste er, wie er dem Polizisten wehtun konnte. Ein Stück die Straße runter schlug das Hundeherz höher, als sein angebetetes Herrchen sagte: »Na, Meyer, wie wär's mit Bratwurst und Fritten für zwei, hm? Was meinste, extragroße Portionen? Ja, seh ich auch so.«

Das mit dem Hund war so gekommen: Brant hatte sein Auto im Parkverbot abgestellt. Aus der Gosse war ein Verkehrspolizist mit aufgeklapptem Notizbuch aufgetaucht, schon am Schreiben.

Brant zückte seinen Dienstausweis, sagte: »Besorg dir einen richtigen Job, Adolf.«

Der VePo machte die Fliege, und Brant ging zu seiner Wohnung, als ein Geheul reinster Qual an seine Ohren drang. Er fuhr herum, murmelte: »Jesus, Maria und Josef, was ist das denn?«

Die Quelle schien in einer Gasse neben Brants Wohnhaus zu liegen. Wieder das schmerzerfüllte Geheul, und Brant stellten sich die Nackenhaare hoch. Er ging schneller.

Ein Mann hielt eine Spitzhacke und schlug mit zielgerichteten, langsamen Schwüngen auf einen Hund ein. Brant brüllte: »He, du da!«

Der Mann drehte sich mit einem Lächeln im Gesicht um. Lässig gut gekleidet, ein billiges Armani-Jackett, Designerjeansimitation, Nikes, um die fünfzig. Sah aus wie ein netter Onkel. Na ja, ein netter Onkel mit Spitzhacke. Er sagte: »Willst du auch was abhaben, ja?«

»Ja, bitte«, sagte Brant und schubste ihn.

Die Spitzhacke schwang nach oben und rechts. Brant zuckte, trat nach links und verpasste der Niere zwei kräftige Boxhiebe. Das war's dann.

Brant bückte sich, fummelte in den Jacketttaschen des Mannes herum, zog eine Geldbörse hervor, klappte sie auf. Las »Swan«, betrachtete den Mann und sagte: »Tut mir leid, MISTER Scheiß Swan. Steht hier so. Weißt du, mein Junge, ich trage ein weißes Hemd, habe aber eine Proletarierseele. Was bedeutet, ich mag Hunde.«

Als der Schmerz nachließ, wurde der Mann wieder frech, sagte grinsend: »Ich schick dir die Bullen auf den Hals.«

»Ich bin ein verdammter Bulle, und das hier –« Er zog ein Bündel Geldscheine aus der Börse des Mannes. »– geht an den Tierschutzverein.«

Dann ging er zu dem Hund und sagte sanft: »Kannst

du laufen, mein Junge?« Dem Geschöpf waren ganze Fellklumpen weggerissen worden, eine große Stelle war völlig kahl. Brant streichelte ihn zärtlich, sagte: »Du bist das Ebenbild von Detective Meyer Meyer, glatt wie ein Ei.«

Brant kaute an einem Pizzastück, den Rest hatte er an Meyer verfüttert. Er sagte: »Ich bin ein Mann der Ine. Nein, keine Mandarine, hör genau hin, Kleiner, ich rede von Kaffein, Nikotin, Nicht-Protein, das hat mich zum Mann gemacht. Was Pizza angeht, musst du dir nur eins merken: Beiß dem Lieferjungen in die Waden. Ja, wie Norman Hunter in seinen besten Tagen. Das war noch was anderes als diese Ryan-Giggs-Zickereien. Oder hier, Dave Prouse, ein Londoner Junge. Hat Darth Vader gespielt. Hast du nicht gewusst, wie? Willst du Bier?« Meyer hatte es nicht gewusst und wollte. Er genoss das beschwipste Gefühl. Und Scheiße noch eins, er konnte Waden beißen, nichts lieber als das.

Brant verlor sich in Tagträumen. »Herrje, der alte Dave hatte keinen Schimmer, dass *Star Wars* so steilgehen würde, er hat eine Pauschalgage genommen. Drei Mille. Alec Guinness, der hat die Beteiligung genommen und bisher über hundert Millionen gemacht. Ist doch zum Heulen, oder?«

Stille setzte ein, als Mann und Hund kauten und über die schiere Grausamkeit des Schicksals nachsannen.

Draußen hielt der Umpire Wache, seine Gedanken loderten.

Brant wusch Meyer in der Wanne, sagte: »Du bist ein Weibermagnet.« Er hatte gehört, dass man beim Gassigehen mit einem Hund jede Menge Frauen kennenlernt. Man tauscht mit den Leinen in der Hand Telefonnummern aus und trieb es später über dem Doggynapf. Supermärkte waren auch gut. Da hatte sogar Falls einen Treffer gelandet. Na gut, einen Typen von der Security, was fast Inzest war, aber was soll's. Wer zählt schon nach? Das Bad veränderte Meyer nicht nachhaltig. Er war jetzt ein sauberes Tier mit Halbglatze, wie ein *Time Out*-Leser. Meyer starrte Brant mit einem Blick an, der besagte: »Wird nicht funktionieren.«

Und Brant sagte: »Nun warte mal ab, Kumpel, du musst magnetisch wirken, sie durch Geruch anlocken«, und überschüttete Meyer mit Old Spice. Fast konnte er »Surfin' Safari« von den Beach Boys hören und begann zu summen. Nicht die einfachste Melodie für ein Solo.

Als der Old-Spice-Duft waberte, sagte Brant: »Hey, nicht schlecht«, und verpasste sich selbst eine ordentliche Ladung. Im Park roch man sie kommen. Wenn Hunde stolzieren könnten, tat Meyer genau das. Und klar, die Frauen waren in Massen unterwegs, sowohl beködert als auch hundlos.

Doch leider hatten die Jungs keinen Erfolg. Eine Frau sagte sogar: »Sie Barbar, man sollte Sie wegen Tierquälerei verhaften.« Aber Brant steckte es gut weg, ging beinahe in sich, sagte: »Hab's mit dem Aftershave vielleicht ein bisschen übertrieben.«

Weiberlos machten sie sich auf den Weg zur Pommesbude. Der Umpire war ihnen auf den Fersen. Brant hätte es vielleicht gemerkt, hatte aber schon beschlossen, niemanden abzuschleppen. So konnte er sich auf Fiona Roberts konzentrieren. Vielleicht hatte sie einen Hund. Einen Mann hatte sie bereits.

Die Augen eines Hundes

Brant setzte sich zum Frühstück. Er hatte einen Riesen-
pott Tee gekocht, dazu gab es einen Toastberg, vier
Würstchen, Black Pudding und ein schlecht gebratenes
Spiegelei. Er hatte mit Zigarettencoupons einen Wok
bekommen und benutzte ihn für alles. Alles Gebratene
war zusammengepappt, er betrachtete die Pampe, sagte:
»Sieht gut aus.«

Der Hund saß da und beobachtete ihn. William
James hatte mal gesagt, wenn man wissen will, was
Spiritualität ist, soll man einem Hund in die Augen
schauen. Tja, William hatte nie versucht, den Rottwei-
lern in Peckham zu entkommen oder die Pitbulls an
der Railton Road niederzustarren. In den Augen dieses
Hundes lag nichts als Liebe und Dankbarkeit. Dieser
Mann hatte ihm den Arsch gerettet, das wusste er. Jetzt
musste er ihn nur noch erziehen, und direkt aus dem
Wok zu essen, wäre ein toller erster Schritt. Er bemühte sich, dem Mann das mitzuteilen.

Brant gabelte ein Wurststück auf und sagte: »Ich sag
dir was, Meyer. Ich hab schon ein paar Hunde in meiner Bude gehabt, aber du bist der erste kahle.« In den
McBain-Geschichten über das 87. Revier ist Meyer
Meyer ein jüdischer Detective, der kein einziges Haar
auf dem Kopf hat.

Meyer Meyer war bald legendär auf dem Revier. Manche deuteten sogar an, dass Brant weich geworden wäre. Es stimmte, er verspürte enorme Gefühle, von denen er gedacht hatte, sie wären hinter Schloss und Riegel. Aber es machte Spaß, er war gut drauf. Die Hänseleien und Verarschungen machten ihm nichts aus. Natürlich hielt man sich zurück, schließlich konnte man bei Brant nie wissen. Sogar Roberts bekam Wind davon und fragte: »Also, Sarge, was hat es auf sich mit Struppi?«

»Meyer Meyer.«

»Was?«

»Sehen Sie, hätten Sie McBain gelesen, wüssten Sie Bescheid. Aber nein, ist Ihnen nicht Nora genug, wie?«

»Das heißt *noir*, N-O-I-R.«

»Von mir aus.«

»Wo ist er denn, tagsüber, meine ich?«

»Draußen, er geht raus, aber wenn ich nach Hause komme, wartet er immer schon auf mich.«

Roberts schwieg kurz und sagte wehmütig: »Es muss schön sein, erwartet zu werden.«

Als Brant an dem Abend nach Hause kam, war der Hund nicht da.

Brant aß gerade im Ermittlungsraum seinen TK-Pie, als Roberts reinkam. »Geht's auch später, Guv, ich bin gerade am Essen.«

»Nein.«

»Ach, Scheiße.«

Als sie draußen waren, fragte Brant: »Wo ist denn das verdammte Feuer?« Roberts warf ihm einen erschrockenen Blick zu, sagte dann: »Es hat einen ... Vorfall gegeben, einer Ihrer Nachbarn hat angerufen. Die Kollegen sind vor Ort.«

Als sie ankamen, drängte sich Brant als Erster die Treppe hoch. Der Gestank war grauenhaft. Was vom Hund noch übrig war, war kaum zu erkennen, noch immer stieg Qualm auf. Brant wandte sich ab, sagte: »Oh ... mein Gott.«

Roberts brachte ihn nach draußen, setzte ihn ins Auto, kramte auf der Rückbank herum, brachte eine Thermoskanne zum Vorschein, schenkte ein, sagte: »Trinken Sie das.«

»Will ich nicht.«

»Das ist Brandy.«

»Okay.« Und er kippte alles runter. Danach zog er die Weights hervor, kriegte sie aber wegen des Zitterns in seinen Händen nicht angezündet.

»Geben Sie her, Tom.« Roberts steckte die Zigarette zwischen Brants Lippen an, sagte dann: »Der Hund. Ich meine, Ihr Hund ... war mit einem weißen Kittel bedeckt.«

»Und?«

»Ein knielanger weißer Kittel. Er war angesengt, aber nicht verbrannt.«

»Ja?«

»Nun, wir sollten ihn wohl finden.«

»Verdammt, Guv, na und?«

»Tom, es ist ein Umpire-Kittel.«

Ein Haus ist kein Heim

PC Tone »encore-une-fois-te« ebenfalls. Im Gegensatz zu Roberts' Tochter kam er damit allerdings nicht weit. Er war entschlossen, cool zu sein. Aber sogar Oasis waren schon auf dem Abstieg. Egalomat, er legte »Champagne Supernova« auf und fühlte sich connected. An seiner Wohnungstür hing ein Poster von Clare Danes in Lebensgröße, seine ideale Frau. Seit er sie zum ersten Mal in der inzwischen abgesetzten Serie *Willkommen im Leben* gesehen hatte, ward es um ihn geschehen, er war hingerissen, bezaubert. Ihre erste Spielfilmrolle als Julia hatte sein Schicksal besiegelt. In einem Interview hatte sie einmal zugegeben, »Wonderwall« zu hören, »irgendwie so hundert Mal hintereinander«. Und er hatte gerufen: »Ich auch!«

Dann zog er sich an und sprach Brants Worte nach: »Let's rock 'n' *roil*.« Irisch. So.

Eine braune Farah-Hose, eng am Gesäß und im Schritt, damit die Mädels was zum Gucken hatten. Aber der Mut verging ihm wieder, und er zog ein langes Nike-T-Shirt an, darüber ein lose geknöpftes Hemd, das das Logo auf dem T-Shirt betonte: *No. 1.* Alles klar!

Dazu ein Paar Turnschuhe vom Markt, designerverschmutzt, damit er nicht wie ein Idiot wirkte, wie das

New Kid on the Block oder so. Coole Sonnenbrille. Eine kurze Jeansjacke, schwarz, um nicht aufzufallen. Der letzte Schliff, die Marlboro Lights in der rechten oberen Jackentasche. Noch ein Blick in den Spiegel, sprach: »Geiler Typ«, und machte sich auf den Weg. Ein paar Minuten später musste er verlegen umkehren, um nachzusehen, ob der Herd aus war. Zwanghaft und cool gingen schlecht zusammen. Verdammt. Brant würde nicht nach dem Herd sehen, sondern sagen: »Soll er abfackeln.« Tone hatte dieses Level an Sorglosigkeit noch nicht ganz erreicht. Und glaubte kaum, es jemals zu schaffen.

Er ging in den Cricketers, es war Donnerstag, Darts-Abend. Vielleicht wäre Falls ja da, er spürte sein Herz klopfen. Ein Suffkopf stellte sich ihm vor dem Oval in den Weg, greinte: »Haste ma 'n Pfund.«

»Ich bin Bulle, Alter.«

»Dann zwei, Mr. Bulle.«

Tone sah sich um und gab ihm siebzig Pence. Der Suffkopf sagte entrüstet: »Und was soll ich damit anfangen, Wichser?«

»Jemanden anrufen, der's hören will.«

Er ging mit vor Machotum leichten Kopf weiter, beschleunigte dann seine Schritte, falls der Suffkopf ihm nachkam.

Der Pub war rammelvoll. Die Blue Hour leistete dem Geschäft »Beihilfe«. Eine Polizeiversion der Happy Hour. Zwei Drinks zum Preis von einem, um sich den

Blues wegzusaufen. Es funktionierte. Tone musste sich zur Bar durchboxen. Mühte sich vergeblich, bemerkt und bedient zu werden. Die Barleute wussten, wer von Rang war und dass er nicht dazugehörte. Also konnte er warten.

Bis: »Was willste, Jungchen?«

Chief Inspector Roberts.

Er wollte ein großes Shandy, um seinen trockenen Mund in Schwung zu bringen. »Einen Scotch, Sir.«

Und hey, presto bekam er einen. Roberts nickte und sagte: »Pflanz dich da hin, Junge.«

Das Meer aus Blau teilte sich und enthüllte einen leeren Barhocker. Er setzte sich drauf, trank einen Schluck Scotch und dachte »Gott!«, als es brannte. Und wie. Roberts beäugte ihn, fragte: »Sind das neue Klamotten?«

»Oh nein, Sir, alles alte Sachen.«

Die Farah-Hose war so neu, dass sie glitzerte, und nichts konnte die Bügelfalte abstumpfen. Tone kam ein furchtbarer Gedanke, glaubte der Guvnor etwa, er würde die Hand aufhalten? Er fragte: »Ist Sergeant Brant auch da, Sir?«

Roberts seufzte, gab dem Barmann ein Zeichen und berichtete in angespanntem Ton von der Meyer-Meyer-Sache.

»Gute Güte«, sagte Tone.

Falls Roberts das für den zutreffenden Ausdruck hielt, sagte er nichts. WPC Falls und Rosie drängten sich vorbei, sagten: »Nacht, Guv.«

Er antwortete nicht. Tone rief: »Nacht«, und bemühte sich, ihnen nicht nachzuschauen.

Roberts sagte: »Sie lässt sich's besorgen, wa?«

Tone betete, drückte die Daumen, fragte: »Rosie?«

»Nee. Falls, irgendein Securitytyp steckt's ihr rein.«

Tone starb.

Roberts sah das Gesicht des jungen Mannes zerbröseln. Ein solches Verlustgefühl überkam ihn, dass er schon fast nicht mehr wusste, was für eine Kraft Sehnsucht sein konnte. Er hielt sich an der Bar fest, fragte: »Was hältste von einem Doppelten?«

»Ähm, nein, Sir, ich meine ... ich dachte, ich schaue mal bei Sergeant Brant vorbei.«

»Hmmm.«

»Um zu fragen, ob er irgendwas braucht.«

»Ich weiß nicht, Junge, er ist ein Mann, den man am Besten in Ruhe lässt.«

Tone rutschte vom Hocker und sagte fast störrisch: »Trotzdem, Sir.«

»Tja, na ja, erwarte keinen herzlichen Empfang.«

Als Tone weg war, dachte Roberts, dass er ihm wegen der Frau einen guten Rat hätte geben sollen. Aber was sollte er sagen? Dass alles gut werden würde? Wie immer alles auch wurde, gut gehörte selten dazu. Als er später den Pub verließ, wünschten die Arschkriecher ihm »Gute Nacht«. Weder nahm er sie zur Kenntnis noch ignorierte er sie richtig. Wenn man den Zauber der Sehnsucht verloren hatte, war einfach alles egal.

PC Tone war vor seinem Besuch bei Brant mehr als nur ein bisschen nervös, aber er riss sich zusammen, sagte: »Wie schlimm kann es schon werden?«

Er hörte die Musik von der Straße aus, als würden alle Spaßschlitten in Brixton einen Rap-Kongress abhalten. So laut. So nervend. Als er vor Brants Tür stand, war der Lärm überwältigend, und er dachte: Klingt wie House. War es auch.

Brant war eine Weile vorher in einen HMV-Laden gegangen und hatte gesagt: »Geben Sie mir die größten House-Hits.«

Der Verkäufer, Pferdeschwanz und Gleitsichtbrille, witzelte: »Soll wohl 'n Rave werden, wie?«

»Soll kümmer dich um deinen eigenen Scheiß werden.«

Der Verkäufer, der an besseren Tagen als reifer Hippie durchgegangen wäre, war auf ABM vom Sozialamt geschickt. Er hielt die Klappe.

Tone musste an die Tür hämmern, bis sie endlich aufflog. Vor ihm stand ein irrer Brant. Bekleidet nur mit einer dunkelbraunen Adidas-Shorts und Turnschuhen, Schweiß strömte durch die grauen Haare auf seiner Brust, er sang: »C'mon ye Reds.«

Tone fragte: »Geht es Ihnen gut, Sir?«

»Was willste? Wissen, ob ich 'ne Hundemarke habe? Tja, stell dir vor, ich hab keinen Hund, nie wieder.«

»Sir, Sir, könnten Sie die Musik runterdrehen?«

»Was is los, Jungchen? Treff ich den *Ton* nicht?« Brant lachte wild über seinen Witz. Tone war ratlos, wusste nicht, ob gehen oder bleiben, sagte: »Wir kriegen ihn, Sergeant.« Und Brant schoss nach vorne, packte ihn am

Hemdkragen, dass der Stoff riss, und brüllte: »Ach ja? Hab ich dir nicht gesagt, du sollst die Dubliner Scheißer mit den Pflastern im Gesicht kriegen? Hab ich?«

»Ja.«

»Und haste?«

»Noch nicht.«

»Ach, du könntest nicht mal 'n Kinderschnupfen kriegen. Hau ab, weg hier, verpiss dich ein für alle Mal, du Memme!«

Und er knallte die Tür zu.

Der junge Polizist schlich sich, fummelte an dem zerrissenen Hemd herum, sagte: »Das war nicht nötig, hat mich auf dem Markt einen Zehner gekostet.« Er hätte heulen können.

Wer zuletzt lacht, hat meistens den Witz nicht kapiert

Brant kehrte in die Wohnung und zu seiner Abendge-staltung zurück. Er hatte genug Raves ausgehoben, um sich auszukennen. Man zog sich bis auf die Shorts aus, schluckte ein E und rockte bis zum Umfallen. Brant hatte immer das Gefühl gefühlt, dass die Feiernden nichts fühlten. Niemandem tat irgendwas weh.

Und das wollte er. Gegen das Dehydrieren hatte er Evian-Flaschen an der Wand aufgereiht, zum Runter-spülen eine Flasche Tequila.

Er warf den Kopf in den Nacken und heulte: »Wir hatten eine geile Zeit, Meyer.«

Gegen Ende der nächtlichen Festivitäten befand sich Brant auf der dunklen Seite des Ecstasy-Monds, begann die Hunde-Leckerlis zu mampfen, die als Überraschung für Meyer gedacht gewesen waren, und flüsterte: »Bisschen salzig, aber nicht schlecht, gar nicht schlecht.«

Albert mimte vor dem Spiegel »I'm a believer ...« und verzog das Gesicht gelegentlich zu etwas, das er für ein verschmitztes Lächeln hielt, wie Davy Jones. Bis ein Schatten auf ihn fiel.

Kevin.

»Was zum Teufel treibst du da? Und dreh den Scheiß ab.«

Er trat nach dem Plattenspieler, und die Monkees kamen kreischend zum Stillstand. Albert rannte hin, um das Album zu retten. Natürlich hatte die Platte einen dicken Kratzer. Er heulte: »Warum hast du das gemacht?«

Kevin lachte hässlich. »Sei nicht so eine Lusche. Das macht die Wichser nur besser, hat was von unplugged. Jetzt pass auf, ich will dir was zeigen.«

Er bückte sich und zog eine lange Kiste unter der Couch hervor. Nahm den Deckel ab und hob ein Gewehr heraus, sagte: »Gönn dir mal einen guten Blick, ist das nicht eine Schönheit?«

»Ist das echt?«

»Echt? Du Volldepp. Das ist eine Winchester 460 Magnum. Siehst du das Fernrohr? Damit kannst du vom Dach weg ein Haar in deinem Zinken erkennen.«

Er zog den Verschluss zurück. Eine Patrone fiel aus der Kammer an ihren Platz, er schwang den Lauf herum auf Alberts Gesicht und sagte: »Lass die Flossen fliegen, Weißei.«

»Was?«

»Nimm deine verdammten Hände hoch.«

Albert tat es langsam, und Kevin beugte sich vor, flüsterte: »Mach deinen Frieden, Mister.«

»Kev!«

Die Waffe schwang hoch, ein paar Zentimeter über Alberts Kopf, dann drückte Kevin den Abzug. Der

Rückstoß rammte ihm den Kolben in die Schulter und warf ihn um. Die Kugel riss die Wand auf und warf eine Plastikente um. Albert stand vor Schock mit offenem Mund da, während Kev, mit dem Arsch auf dem Boden, ausrief: »Scheiße, ey, das ist mal Feuerkraft. Rausch hoch drei.«

Brant kam zu sich und hörte ein grauenhaftes Krei-
schen, als würde einer Katze die Haut abgezogen. Tat-
sächlich wurde auch einer Katze die Haut abgezogen,
bei den *Simpsons,* in der Itchy & Scratchy Show. Der
Lärm war ohrenzerreißend, und Brant hob den Arm,
um ihn abzustellen. Schmerz auf höchstem Niveau, als
sein Körper in Bewegung kam. Sein Hintern war
nackt, und er schauderte, als er sich fragte, warum.
Aber verfickt noch eins, zum Glück war er nicht raus-
gegangen ... oder doch? Sein Hirn taumelte in alle
Richtungen. Von irgendwoher tauchte eine Doku auf,
die er neulich gesehen hatte, über das amerikanische
Marine Corps. Egal, was für eine Kacke gerade am
Dampfen war, die Typen waren bereit, traten allen die
Ärsche ein und brüllten: »Semper fi!«

Er machte einen schwachen Versuch, aber es kam
raus wie Pisse – schwach und schmal. Dann rollte er
sich auf den Bauch, stellte sich fünf knackige Militär-
liegestütze vor und versuchte es.

»Semp-«

Und brach zusammen, flüsterte: »Scheißdreck.«

Schließlich hievte er sich auf die Beine, humpelte
zur Dusche, stand sich selbst im Spiegel gegenüber.

Keine gute Idee.

Schmerbauch. Nein, schlimmer, Hängebauch.
Graues Haar auf der Brust, wie ein verklebter Scheuer-

schwamm. Das Wort »zerrupft« kam ihm in den Sinn, er sagte: »Ich bin zerrupft.«

Zu nett. Am Punkt vorbei. Abgefuckt traf es eher. Die Dusche kam Himmel und Hölle gleich, dann rüber zum Medizinschrank und zwei, scheiß drauf, drei Alka Seltzer. Aah. Oh Scheiße, oh Herrgott noch mal, bleibt drin. Nein. Hoch kam ein Schwall in Technicolor. Am ganzen Körper schwitzend schaffte er es nicht, den Kopf zu heben, und sah den ganzen bunten Reigen. Yep, da kam das Alka Seltzer. Nutzlose Bande, und, ach je, ist das ein E? Gib mir ein E ... gib mir ein E ... Tusch Paul McGrath. Er wagte einen zweiten Versuch, mit Andrews Liver Salts, und warf zwei lösliche Aspirin in das Gesöff. Auf geht's.

Oh ja, es gibt einen Gott, das Zeug blieb unten. Er duschte erneut. Er wusste, dass der Alkohol ihn über die nächsten ein, zwei Stunden tragen würde, dann wäre Sinkflug angesagt.

Es stimmte, er hatte Sally für eine Weile zurückgewinnen können. Hatte alle Schwüre geschworen. Zur Not auch noch auf die Bibel. Aber leider konnte er den Eid nicht dort ablegen, wo er wirklich zählte, im Herzen. Durch Arbeit, Alkohol und schmollendes Schweigen hatte er sie wieder verloren.

Als das Koffein über seine Nervenenden tänzelte, setzte eine vage Erinnerung an den jungen Tone ein. Oh Scheiße, der Bubi war an der Tür gewesen. Brant steckte sich eine zittrige Weight an und versuchte, auf mentalen Kurs zu kommen. Er konnte sich nicht erinnern, was er zu dem Jungen gesagt hatte, aber, oh weh, er wusste, dass es nicht schön gewesen war. War es je anders?

Er drehte sich um, um Meyer Meyer zu rufen, und dann war auch diese Erinnerung wieder da.

Atonal

»Ich mag Jamiroquai«, sagte Tone.

»Yeah? Ich mag Tricky.«

»Yeah.«

Er wusste, wenn er yeah sagte, wirkte er cool. Nicht wie kalt oder hirntot, sondern klassisch hip. Als hätte er Attitude, ohne was dafür tun zu müssen. Hätte er bloß seine Ban mitgebracht, die Sonnenbrille lässig im Gesicht. Stattdessen killte der Zigarettenrauch ihm die Augen. Er hatte beschlossen, dem Pflaster-Duo nachzugehen, um Brant zu beweisen, dass ER das Arschloch war. Zu seiner Überraschung, war er problemlos in den Club an der Railton Road gekommen. Okay, man hatte ihm die Gebühr für »sofortige Mitgliedschaft« abgeknöpft, glatte fünfundzwanzig plus den Eintritt. Aber, hey, er war drin – wo es abging – er war Serpico, undercover, er war dran.

Clubs in Brixton ändern sich über Nacht. Dienstag noch heiß, Donnerstag gähnende Leere. So war das, man hatte Tone reingelassen, weil er Knete hatte, er war leichte Beute, Mustermann, die Milchkuh.

Kaum hatte er sich gesetzt, quatschte das Mädel ihn an. Dann hatte er nebenbei die Pflaster-Typen erwähnt, und sie hatte gefragt: »Was willst du von denen?«

»Ach, nichts weiter. Ich schulde ihnen ein bisschen Kohle.«

Sie lachte schelmisch, sagte: »Gib her. Ich sorg dafür, dass sie's kriegen.«

Er lachte ebenfalls. So auf schlau, er schnitt mit, klar, alles im Fluss. Sie sagte: »Kennste die neuste Waffe der Wahl?«

»Was?«

»Baseballschläger is out. Jetzt is Golf dran, also, Golfschläger.«

»Yeah?«

»Ja, seit das schwarze Kid das große Golfdings gewonnen hat.«

»Das Masters.«

»Was?«

»Nichts. Erzähl weiter.«

»Tja, das ziehen die einem jetzt über den Schädel.«

»Abschlag.«

»Was?«

Er bestellte noch zwei Drinks und hatte das Gefühl, ganz in der Atmo zu sein. Sie sagte: »Gleich wieder da.«

War sie aber nicht. Eher eine Stunde später. Während der ein riesiger schwarzer Typ ihren Platz und ihr Getränk einnahm und Tone die ganze Zeit anstarrte. Um schließlich zu fragen: »Na, wer bin ich?«

»Ähm.«

»Ich bin der Erzengel Tuafer.«

Tone überlegte, was Brant sagen würde, so was wie: »Heiß genug für dich?« Was er sagte: »Aha.«

Dann kam das Mädchen zurück, schlug dem Typen auf den Rücken, sagte: »Weg da, Fettarsch.«

Er bewegte sich. Tone sagte: »Er hält sich für einen Erzengel.«

»Er ist ein echter Deufel.«

Er versuchte, ihren Dialekt zu verorten. Klang wie Dublin, aber nur manchmal. Dann sagte sie: »Komm, ich kann dir zeigen, wo die Typen sind.«

Als sie Tones Leiche fanden, war er nackt, hatte mehrfache Stichverletzungen und einen eingeschlagenen Schädel. Roberts sagte: »Herrje, wenn ich raten müsste, würde ich sagen, jemand hat ihn mit einem Golfschläger traktiert.«

Brant war zu übel, um sich zu übergeben, aber ihm war danach. Er sagte nichts.

Roberts fuhr fort: »Ich hab ihn an dem Abend gesehen.«

»Ja?«

»Er hatte überlegt, zu Ihnen zu gehen.«

»Ach ja?«

»Ja. Und, ist er?«

»Isser was, Guv?«

»Herrgott, werden Sie wach. Ist er zu Ihnen gegangen!«

»Weiß nich.«

»Was?«

»Ich war hinüber.«

»Behalten Sie das bloß für sich.«

»Okay.«

Roberts ging auf die Knie, betrachtete das zerschmetterte Gesicht, sagte: »Er hatte eine Farah, wissen Sie.«

»Was?«

»Diese edlen Hosen, Himmel noch mal, ich hoffe, die haben ihn nicht wegen einer Hose umgebracht.«

»Hier in der Gegend reicht ein Taschentuch, Guv.«

»Leider wahr.«

Brant dachte, was für ein Slogan für eine Firma: *Würden Sie töten für eine Farah?*

Sagte nüscht, glaubte nicht, dass Roberts es hören wollte. Irgendwie wollte er ihm von dem Trauerkranz erzählen. Der, als er am Morgen die Tür aufgemacht hatte, da gelegen hatte. Ein schäbbiges Teil, aber erkennbar ein Trauerkranz. Die Blumen waren verblüht, verwelkt und schlaff. Es sah aus, als wäre jemand auf ihnen herumgetrampelt. Sogar die Schleife war dreckig. Und, kaum zu glauben, jemand hatte darauf herumgebissen.

War der Kranz für ihn oder Meyer oder beide? Kein Schlüsse ziehender Quantensprung nötig, er kam vom Umpire. Hätte Roberts davon gewusst, würde er sagen: »Woher wollen Sie das wissen? Vielleicht haben Kinder ihn auf dem Friedhof geklaut, wollten Sie veräppeln.«

Dann würde Brant eine Pause einlegen, geknickt aussehen, bescheiden die Hand hinter dem Rücken hervorholen, und tätä! Ein Cricketball. Und sagen: »Weil der mitten drin lag. Jetzt ziehen Sie Ihre Schlüsse, Sie Vollpfosten!«

Wie hatte der Umpire gekichert, als er den Kranz vor Brants Tür ablegte. Er musste sich in die Hand beißen, um nicht gehört zu werden.

Der Europophit von vor ein paar Jahren, »Hey Magdalene«, steckte in seinem Kopf fest, er summte ihn in Endlosschleife vor sich hin. Hätte er von der entrückten Verzückung geahnt, mit der die Horden der Eingeweihten auf Ibiza zu diesem Song getanzt hatten, er hätte vielleicht mal eine Pause gemacht.

Sich vergangener Trends erfreulich unbewusst, summte er wie ein Besessener. Er konnte kaum glauben, was für ein Rausch es war, die Polizei zu ärgern, erbosen und regelrecht verarschen. Wenn die Cricketbande durch war, würde er sich mal ernsthaft mit der Met befassen müssen. So viel zu tun, so wenig Zeit.

Er summte vor sich hin. Shannon war so aufgedreht, dass er immer weiter laufen musste. Er sah Funken unter seinen Sohlen sprühen und fand sich mitten auf der Westminster Bridge wieder. Auf einen Impuls hin schmiss er die Marks & Spencer-Tüte über das Geländer. Sie enthielt die Armbrust.

Dann beschloss er plötzlich, die Straße zu überqueren. Ohne innezuhalten lief er mitten in den Verkehr, und ein 159er Bus wirbelte ihn etwa zwei Meter durch die Luft, dann landete er wieder auf dem Gehweg. Als hätte der Bus sagen wollen: »Zurück mit dir, Arschloch.«

Passanten umringten ihn, Kommentare schwirrten über ihm durch die Luft.

»Ham Sie das gesehen?«

»Ist direkt davor gelaufen.«

»Besoffen wie ein Blutegel.«

»Was für ein Wichser.«

Schließlich wurde ein Krankenwagen gerufen, blieb aber im Stau stecken. Die Sirene heulte vergeblich, jedoch laut genug, um die feststeckenden Autofahrer in den Wahnsinn zu treiben.

Apropos Kranz

Jacko Mary wurde an einem kalten Novembermorgen beerdigt, lange nach Beendigung von *A White Arrest*. Anwesend waren der Totengräber, Roberts und eine heruntergekommene Frau. Als der Sarg in der Erde lag, sagte sie: »Schon hart, allein zu sterben.«

»Sie sind da.«

»Nicht aus Freundschaft. Er hat mir Geld geschuldet.«

Roberts bemühte sich, seinen Ärger zu zügeln. »Hoffen wohl, es noch zu kriegen, wie?«

»Hey, sparen Sie sich die Ironie. Sie müssen dieser Bulle sein.«

Roberts sah sich um, sagte: »Ja. Nicht so laut, okay?«

»Er hat sie gemocht.«

»Wirklich?«

»Oh ja. War er denn gut, so als Spitzel?«

Roberts überlegte. Jacko Mary hatte den »E«-Fall geknackt, irgendwie jedenfalls, aber er sagte: »Nein.«

»Hab ich mir gedacht.«

Als Bulle musste Roberts viele beschissene Dinge tun, gehörte zum Job. Aber diese Verleugnung würde die eine Tat werden, für die er sich für alle Zeiten schämte.

In einem besetzten Haus in der Coldharbour Lane regte sich eine Frau. »Tony.«

Sie wurde lauter. »Tony!«

»Was? Was is'n los?«

»Mach mal Tee, doppelt Zucker.«

»Fuck off.«

Sie stand auf und zog ihm eine alte Ausgabe der *Big Issue* über den Kopf. Tricky war auf dem Titelblatt, hätte sie nachgesehen.

Er stand auf und ging zum Gaskocher. Stolperte fast über ein 9er Eisen. Der Griff war abgenutzt, blank. Die Frau beobachtete, wie er herumfummelte, um das Gas anzuzünden, sagte:

»Jesus, dein Arsch sieht geil aus in der Farah.«

»Sitzt 'n bisschen eng, kneift in der Arschspalte.«

Und er bewegte zum Beweis das rechte Bein. Sie sagte: »Nee, mir gefällt's.«

»Findest du mich sexy?«

»Ja, todsexy.«

Kevin hatte in der Coldharbour Lane ein Treffen einberufen. Er trug einen Kampfanzug und hing auf Wolke neun. Doug und Fenton tauschten verstohlene Blicke aus. Albert kam zu spät und bekam es zu hören.

»Was ist, Albert, hast du die Nase voll von unserer Sache, oder was?«

»Ich musste mich auf dem Amt melden, Kev. Ich hab im Arbeitsamt festgesteckt.«

»Dir steckt der Kopf im Arsch fest, so ist das. Wird

Zeit, dich auf Zack zu bringen. Wird Zeit, alle auf Zack zu bringen.«

Er warf drei Schwarzweißfotos auf den Tisch, sagte: »Wir gehen weiter.«

Albert spürte sein Herz hämmern, versuchte es mit: »Was, in eine andere Gegend?«

Kevin sprang auf ihn zu, rammte ihm die Finger in die Brust, heftig, spie: »Nein, Vollidiot, wir bleiben hier, ich lass mich nicht von Abschaum verdrängen. Wir werden drei Arschgesichter auf einmal umlegen.«

Fenton war auf den Beinen: »Was? Echt mal, Kevin, wie zum Teufel sollen wir das abziehen?«

Kevin sah ihn nicht an, stieß weiter auf seinen Bruder ein, sagte: »Die drei da auf den Fotos, die haben sich zusammengetan. Haben einen Co-op in der Electric Avenue, und da werden wir sie kriegen.«

Doug seufzte, sagte: »Und die drei Typen werden einfach so sagen: ›Hey, klar kommen wir mit – oh, schönes Seil.‹«

Kevins Augen glühten, sein Moment war gekommen, er sagte: »Ganz genau, Douggie, wir kriegen sie in ihrer Bude dran.«

Eine Woche später ...

Im CA-Club sprudelte es nur so aus Cora heraus.

»Penelope, und du willst dich wirklich nicht von einem der Boys verwöhnen lassen?«

»Nein! Was verstehst du daran nicht? Noch mal zum Mitschreiben: N-E-I-N!«

»Ach herrje, wir sind heute aber ein winziges bisschen angespannt. Wie wär's mit einem Dröppelchen?«

»Ah, Herrgott noch mal!« Sie sprang auf und begann zu tigern. Cora plapperte weiter: »Deine Freundin wirkte recht begeistert, ich glaube wirklich, sie hat sich ein bisschen in unseren Jason verguckt.«

Penny starrte sie finster an, sagte: »Kann nicht dein Ernst sein!«

Die Türklingel ertönte. Heute klimperte sie »Uno Paloma Blanca«, was Pennys Rage verstärkte. Cora sagte: »Entschuldige mich, Häschen, aber ich muss nachsehen. Findest du die Klingel nicht einfach zuckersüß?«

Auf dem Weg zur Tür zupfte Cora an ihrer permagefrosteten Frisur. Das Haar saß sturmsicher und erinnerte an einen aus dem Lot geratenen Baiserhaufen. Sie öffnete die Tür.

Brant sagte: »Yo, Cora, alles mopsfidel?«

Einen Sekundenbruchteil zu spät versuchte sie, die

Tür zuzuknallen. Er gab letzterer einen Stoß und schob erstere in den Flur zurück. Falls folgte wie der biblische Reiter auf dem weißen Pferd. Cora versuchte es mit Entrüstung: »Wie können Sie es wagen? Haben Sie einen Durchsuchungsbeschluss?«

Brant stand ihr fast auf den Füßen, sagte: »Schau mal einer an, die olle Maggie Johnson ... hatte mich schon gefragt, wo du dich verkrochen hast. Mann, Mann, ganz schön aufgestiegen in der Welt, wie? Hier, Constable, das ist Maggie, der billigste Bums diesseits von Elephant and Castle.«

Cora hob die Stimme. »Verdammte Unverschämtheit, du überschreitest deine Kompetenzen, Sonnyboy. Wir werden beschützt.«

Brant trat mit Schmackes gegen Coras Knie, und sie fiel wie ein Stein. Er kauerte sich neben sie, versuchte erfolglos, sie bei den Haaren zu packen, nahm den Hals, sagte: »Was für ein Scheißzeug hast du da im Haar? Jetzt hör gut zu, gib mir niemals Widerworte, sonst breche ich dir die Nase ... okay?«

Sie nickte. Er zog sie an der Schulter hoch, sagte: »Hüpfen wir mal rein und schauen nach, was so abgeht.«

Bei Pennys Anblick hätte Falls fast etwas gesagt, aber ließ es bei einem Blick von abgrundtiefer Bösartigkeit bewenden. Brant schubste Cora in einen Sessel, fragte Penny:

»Zimmernummer?«

»Keine Nummern, Namen.«

»Dann sag mir den verdammten Namen.«

»Der Cherise Room, oben, erster rechts.«

»Okay, hau ab.«

»Ich kann gehen?«

»Ja, verpiss dich.«

Cora wollte Beleidigungen rausbrüllen, Penny die Augen auskratzen, aber Brant sagte: »Denk nicht mal dran.«

Als die Tür sich hinter ihr geschlossen hatte, wandte sich Brant an Falls, sagte: »Behalt die Trulla hier im Auge. Wenn sie auch nur zuckt, hau ihr eins um die Ohren.«

Fiona befand sich jenseits eines orgasmischen Regenbogens. Jason rackerte sich zwischen ihren Beinen wie ein Wilder ab. Stöhnen und Schreie begleiteten das Krampfen ihres Körpers. Die Tür flog auf, und Brant sagte:

»Lecker.«

Jason drehte den Kopf, in seiner Miene standen Verwirrung und Schock. Sein Hirn flüsterte »Ehemann«.

Fiona versuchte, sich aufzusetzen, stieß Jason weg und griff nach einer Bettdecke. Brant schloss die Tür, lehnte sich dagegen und steckte sich eine Weight an, während die beiden auf dem Bett rumfuhrwerkten.

Er sagte: »Hey, meinetwegen könnt ihr weitermachen.«

Jason bekam schließlich seinen Schlüpper an, und Fiona zog sich die Decke bis ans Kinn.

Brant lächelte und öffnete die Tür. »Raus mit dir, du Lümmel.«

Als Jason sich an ihm vorbeischob, gab ihm Brant einen ordentlichen Klaps auf den Hintern und schloss hinter ihm die Tür. Dann wandte er sich Fiona zu. »Dann ziehen Sie sich mal an.«

Fiona bemühte sich, ihren rotierenden Verstand zu beruhigen, sagte: »Wie denn, wenn Sie da stehen?«

Er lachte herzlich. »Herrgott, ich hab gesehen, was Sie zu bieten haben. Jetzt los, oder ich zieh Sie an.«

Sie gehorchte. Scham und Verwirrung fielen über sie her, während sie ihre Kleidung überzog. Brants Blick klebte an ihr.

Dann sagte sie: »Fertig.«

»Ooookay, ich fahr Sie nach Hause.«

»Was?«

»Sie wollen bestimmt nicht laufen, Fiona. Nicht nach dieser ganzen Anstrengung. Nein, der Wagen steht vor der Tür.«

Fiona machte einen letzten Versuch, mental mitzukommen. »Sie bringen mich nicht zu meinem Mann?«

»Was? Nee, wofür halten Sie mich, für ein Tier?«

Brant setzte Fiona vorne in einen alten Golf, sagte zu Falls:

»Du kommst klar, da vorne geht die U-Bahn.«

Falls gefiel das alles gar nicht, sie sagte: »Sollte ich nicht als Zeugin mitkommen?«

Er gab ein hämisches Glucksen von sich, ein gefährliches Geräusch. »Falsch gedacht, Babe.«

Sie hielt die Tür fest, beharrte. »Tut mir leid, Sarge, ich finde wirklich, ich sollte …«

Er stieß ihre Hand weg und verlor die Beherrschung.

»Verpiss dich, Falls, du erregst Aufmerksamkeit. Mach das nie wieder mit mir.«

Sie wich zurück. Er stellte sich vor sie, aus seinen Augen sickerte Wut. »Du machst dir Gedanken, Falls? Dann mach dir mal Gedanken, wie du's mir zurückzahlen kannst.«

Er knallte die Tür zu, und Falls schauderte. Dann begab er sich zur Fahrerseite, stieg ein und knallte auch diese Tür zu, bevor er Gummi gab. Falls sah ihnen nach und knirschte mit den Zähnen.

»Okay, ich zahl's dir heim, du Arschloch, und zwar RICHTIG.«

Brant sah Fiona an und zwinkerte.

Sie fragte: »Wo bringen Sie mich hin?

»Hey, entspannen Sie sich, lehnen Sie sich zurück.« Eine Pause. »Ups, tut mir leid! Das hatten Sie ja schon, und wie. Dieser Jason, hm? Für einen Halbitalo hat er ein dickes Ding.«

Falls es darauf eine Antwort gab, fiel sie ihr nicht ein. Sie versuchte, sich in sich hinein zu verkriechen. Kein Ort war weit genug weg. Brant hielt in der Walworth Road im Parkverbot.

»Ich dachte, das Revier in der Carter Street hätte zugemacht?«

»Tsts, umtriebige Mädels bekommen den Hintern versohlt. Los, steigen Sie aus.«

Er eskortierte sie zu einer Frittenbude nahe Marks & Spencer, schob sie rein, suchte einen Tisch ganz hinten aus, der übersät war mit labbrigen Pommes, Speckrinden und Toastkrümeln. Brant wirkte erfreut, sagte: »Wenn es nicht auf dem Tisch liegt, steht es nicht in der Karte.«

»Das ist widerlich.«

»Sie müssen's ja wissen.«

Eine Kellnerin jenseits der fünfzig kam an den Tisch. Offensichtlich war sie im Teenageralter enttäuscht worden und noch nicht darüber hinweg. Ohne hängende Kippe wirkte ihr Gesicht unfertig. Sie sagte: »Yeah?«

Brant war bewusst, dass es riskant war, Fiona in seine Hood zu ziehen, aber es gab ihm einen Kick.

Er sagte: »Zwei Würste, Eier, Speck, Blutwurst und zwei Portionen Toast mit Butter.«

Er schaute Fiona an.

»Das kann nicht Ihr Ernst sein.«

Brant lächelte die Kellnerin an, sagte: »Für sie das Gleiche, und bringen Sie noch eine Familienkanne Tee.« Als die Kellnerin sich zum Gehen wandte, fügte er hinzu: »Und 'n bisschen am Lächeln schrauben, okay?«

Die Kellnerin ignorierte ihn.

Fiona starrte ihn an und fragte: »Sie glauben doch nicht wirklich, dass ich diesen Dreck esse?«

»Oh, das werden Sie, und zwar mit Genuss.«

Er saß ganz still, trotzdem spürte sie seine körperliche Präsenz. Sie wallte über den Tisch, höhnisch und bedrohlich.

Er strich über die einst weiße Tischdecke.

»Vichy wär gut gewesen.«

»Wie bitte?«

»Für den Tisch, bisschen was Weibliches. Ich mag Weibliches.« Er holte die Weights hervor. »Sie?«

Sie schüttelte den Kopf und wusste, dass die Nichtraucherverordnung noch nicht bis hierher durchgedrungen war. Das Essen wurde gebracht. Als die Teller auf dem Tisch standen, fragte Brant: »Was ist mit dem Lächeln?«

Aber seine Aufmerksamkeit wurde abgelenkt, als zwei Personen den Imbiss betraten. Er erkannte die Pflaster, und sie ihn. Drehten auf dem Absatz um und rannten. Er dachte: »Später«, spießte eine Wurstscheibe auf, nickte Fiona zu.

»Essen Sie.«

Sie versuchte es.

Er schenkte kochend heißen Tee in Becher, hob seinen, sagte: »Runter damit, Mädel.«

Sie probierte und hätte sich fast übergeben. Der Tee war ölig, voller Zucker und schmeckte nach Tabak. Sie stellte die Tasse ab, sagte: »Gut, Sie haben Ihren Spaß gehabt.«

»Was? Ich hab was zu essen, aber nein, meinen Spaß hab ich nicht gehabt. Noch nicht.«

»Was genau wollen Sie?«

Er brachte ein überraschend sauberes Taschentuch zum Vorschein, tupfte sich elegant die Mundwinkel ab, sagte:

»Ich möchte Sie umwerben.«

Während Falls ihren Einkaufszettel schrieb, malte sie sich aus, wie es wäre, Goth zu sein. Nur einmal. Sie konnte The Cure nicht ausstehen, wenn man das überhaupt Musik nennen konnte ... tja. Aber das Outfit, die schwarzen Klamotten und die totenbleiche Schminke. Ach, träum weiter ...

Das Revier würde steilgehen. Sie konnte Brants Schlachtruf hören: »Darauf geh ich ab.«

Der Mann würde sogar eine Katze besteigen. Sie war angezogen zum Einkaufen. Reeboks (cremeweiß), Trainingsanzug (nur weiß).

Und eine große Einkaufstasche. Schwarz. Bloß kein Chichi, total ungoth. Sie hatte einen Artikel gelesen: »WAS FÜR EIN EINKAUFSTYP SIND SIE?«

Einzelhandelsanalysten teilen Konsumenten in sechs Kategorien ein und nutzen diese Informationen, um die gewünschte Kundschaft anzulocken und andere abzuschrecken. Wohlhabende Genießer werden in Supermärkten durch kleine Luxusangebote verführt. Gewöhnliche Geizhälse werden abgeschreckt, wenn Supermärkte entweder zu wenig oder zu viel Auswahl bieten.

Falls stand auf solche Quizze und beantwortete ständig Boulevardzeitungsfragen wie »Was für ein Liebhaber sind Sie?«

Laut las sie die ersten drei Einkaufstypen vor:

1. *Gewöhnliche Geizhälse:* Der Schrecken der Einzel-

händler – Konsumenten mit wenig Geld, die nur zu den billigsten Angeboten greifen. Der Sirenenruf exotischer Waren stößt bei ihnen auf taube Ohren.

2. *Bemühter Idealist:* liest sich die Inhaltsstoffe genau durch, kauft nur umweltfreundliches Seifenpulver. Ozonfreundlichkeit äußerst wichtig.

3. *Die Maßlosen:* erklärt sich von allein. In jedem Supermarkt gern gesehen.

4. *Wohlhabende Genießer:* im Einzelhandel wegen ihres fröhlichen Naturells beliebt, verwöhnen sich gern mit einer Dose Thunfisch mehr (»Na ja, wir essen viel davon, und er ist so gesund.«). Delia Smith ist ihr Vorbild.

5. *Fieberhafte Käuferin:* schnellste Shopperin weit und breit. Weiß, was sie will, steuert ihr Ziel im Eiltempo an. Schenkt noch den allerverlockendsten Ständen oder Angebotskörben keine Beachtung.

6. *Gewohnheitstier:* sparsam, aber treu, vornehmlich männlich. Fleisch und zwei Beilagen, immer Kartoffeln und Rosenkohl, Kaiserschoten wären schon zu viel des Guten. Kauft Lebensmittel für sechs Tage für 20 Pfund ein.

Als sie Nummer sechs durchlas, dachte sie: »Oh Gott, ich werde mit so einem enden.«

Sie knüllte den Artikel zusammen und schmiss ihn in den Müll. Sie hatte mal ein T-Shirt mit dem Logo gesehen: »Wenn's mal hart kommt, gehen die Harten shoppen.«

Schien zu stimmen.

Sie setzte sich den Walkman auf, Sheryl Crow in höchsten Tönen, auf geht's.

Am Eingang zum Supermarkt kaufte sie die *Big Issue*, und der Verkäufer sagte:

»Schönen Tag noch.«

Sie gab sich Mühe.

Eine Mädchenhorde drängte an ihr vorbei und hätte sie fast umgestoßen. Eine nölte genervt: »Oh, sooo-ryy«, in *dem* Ton. Den John L. Williams als »Angela« beschrieben hatte, eine besondere Vokaldehnung, den Upper-class-Junkies patentiert zu haben schienen. Leute, die auf Tonic Light bestehen, während sie eimerweise Gin saufen.

Falls holte sich einen Einkaufswagen und stellte den Walkman ab. Im Supermarkt lief ein Band in Dauerschleife, hundert Mal derselbe Song. Heute war es »You're So Cruel« von U2.

Hammersong, aber wieder und wieder.

Her mit den Rasierklingen oder Valium in die Vene.

Falls wusste, dass eigentlich danach »The Fly« folgte.

Klang wie Bauhaus auf Speed. Aber wegen der verdammten Dauerschleife kam es natürlich nie so weit.

Sie machte sich auf den Weg zum TK-Gemüse.

Wäre er eine Farbe, dann wäre das beige

Am Kosmetikregal und den Reinigungsmitteln vorbei, und dann dieser Anblick: ein Mann auf dem Boden, drei Teenager treten auf ihn ein. Und zwar ernsthaft. Die Stahlkappen an den Stiefeln blitzten auf wie leere Hoffnungen.

»Oi!«, brüllte sie.

Griff nach einer Büchse (Markfetterbsen) und schmiss sie mit Schmackes. Sie traf den ersten Teenager wie ein Peitschenschlag, er fiel um wie ein Sack feingemahlenes Mehl. Die anderen traten die Flucht an.

Leute schrien und drängten ihr nach. Sie lief zu dem am Boden liegenden Mann. Er trug eine Uniform. Security. Blut rann ihm übers Gesicht. Er sagte: »Denen hab ich's aber gezeigt, wie?« Sie lächelte und half ihm auf. Braunes Haar fiel ihm über die Augen, und sie erkannte darin Himmelblau, groß wie Untertassen. Ihr Herz macht einen Hupf, und sie ermahnte sich im Stillen: »Lass den Blödsinn, das kann nicht sein.«

Sie sagte: »Wir lassen das besser mal nachsehen.«

»Wie bei einer Katze, ja?«

Als er aufstand, sah sie, dass er genau die richtige Größe hatte, gute eins achtzig, und dass sie zusammen gut aussahen. Ein Mann kam angeeilt, ganz Scheiße und heiße Luft: der Manager. Er schnauzte: »Was zum Teufel ist hier los?«, und betrachtete den Teenager, der sich stöhnend am Boden krümmte. Falls sagte: »Dieser Nachwuchskriminelle hier wurde von Ihrem Sicherheitsbeauftragten gestellt, unter Einsatz seiner Gesundheit.«

Der Manager schnauzte lauter: »Aber das ist noch ein Junge, was ist los mit ihm?«

»Er wurde ausgebüchst.«

Falls begleitete den Sicherheitsmann. In den Pub. Er bestellte einen doppelten Brandy, sie einen O-Saft, zuckerfrei. Sie streckte die Hand aus, sagte: »Schön, Sie kennenzulernen. Und Sie sind?«

»Beige. So fühle ich mich, aber jenseits dieses Drinks werde ich, wie Stephanie Nicks einst sang, ›A Priest of Nothingness‹ sein.«

Sein irischer Akzent schwang leichtfüßig mit, er fügte hinzu: »Ich bin Eddie Dillon.«

»Dylan?«

»Nee, der andere, der Ire.«

»Ist er berühmt?«

»Noch nicht, aber zu haben.«

Sie lachte, sagte: »Ich habe keine Ahnung, wovon Sie da reden.«

Er lächelte schüchtern, erwiderte: »Ach, das ist Blödsinn, klingt aber gut.« Er betrachtete ihre Hände, fügte hinzu: »Übrigens, darf ich hoffen, dass Sie unverheiratet sind?«

Sie wurde von Wärme überflutet, um nicht zu sagen

von einem Hauch von Lust. Sagte: »Haben Sie den Job schon lange?«

Er trank sein Glas aus, und sie bemerkte seine gleichmäßigen, weißen Zähne. Er sagte: »Ich hatte länger keinen Job, als uns beiden lieb wäre, aber ja, jetzt mache ich das. Ich kümmere mich gern um Dinge. Zu Hause habe ich das früher auch gemacht, aber das ist lange her. Gott sei Dank ... und nein, ich mache das nicht bloß, weil ich eigentlich Schauspieler bin. Ich halte es da mit Woody Allen, der gesagt hat, er war Schauspieler, bis er eine Stelle als Kellner gefunden hat.«

Sie lachte wieder, sagte dann: »Ich muss noch einkaufen, also was ist, werden Sie mich ausführen?«

»Vielleicht.«

Roberts betrachtete über den Frühstückstisch hinweg seine Frau. Um ihre Augen herum waren tiefe Falten, und er dachte: »Oje, sie wird alt.« Sagte aber: »England ist sang- und klanglos untergegangen, sie haben das letzte Match heute mit achtundzwanzig Runs verloren.«

»Das ist kaum überraschend, oder?«

»Ach?«

»Na ja, ich meine, die armen Kerle werden von einem Irren verfolgt. Nicht gerade hilfreich für gutes Cricket, oder?«

Er spürte seine Stimme lauter werden: »Sie hätten einfach nur ein völlig machbares Siegziel von 229 hinlegen müssen.«

»Sagst du. Aber, Liebling, bestimmt finden Sie, dass du lieber den Irren jagen solltest anstatt zu mäkeln.«

Falls war überrascht, dass Eddie Dillon ein Auto besaß. Sie hatte das Gefühl, er könnte voller Überraschungen stecken. Das Auto war ein verbeulter Datsun in Blassbraun. Er sagte:

»Ich hab's bei einem Kartenspiel gewonnen.«

»Was?«

»War ein Witz. So einen Satz sagen Kerle gerne mal.«

»Wieso?«

»Gute Frage, auf die ich keine Antwort weiß.«

Er hatte einen schmalen Anzug an, vom Kragen bis zum Umschlag war alles eng. Ein verblüffend weißes Hemd verkündete: »Sauber, oh ja.« Falls trug ihr gesetztes Nuttenoutfit. Schwarzes Kleid, ausgeschnitten und kurz, schwarze Strumpfhose. Riemchen-Pumps, die fast Gemütlichkeit versprachen, aber nicht ganz. Er sagte: »Du siehst toll aus.«

Sie wusste, dass sie gut aussah. Vor seinem Eintreffen hatte sie sich fast selber heiß gemacht. Er hatte eine Schachtel Vollmilchpralinen mitgebracht. Die Größe, die eine Horde Nonnen speisen würde.

Sie fragte: »Hast du die auch beim Kartenspiel gewonnen?«

»Yep, zwei Paare mit Assen und Fünfen, klappt bei jeder dritten Hand.«

»Wo fahren wir hin?«

»Nach Irland.«
Und in gewisser Hinsicht stimmte das.

Fenton von der E-Crew bekam langsam Kontur. Zum ersten Mal im Leben hatte er einen Schimmer. Nicht richtig, aber beinah. Gerade war er im Fußballrausch und forderte Kevin heraus: »Hast du das von dem jungen Bullen gesehen, der umgebracht wurde?«

»Ja.«

»In der Zeitung steht, wir wären das gewesen.«

Kev trug Urban-Guerilla-Montur. Tarnfarbenhose mit tausend Taschen, Tarnfarbenunterhemd und eine Hundemarke, wie es sie in Einkaufsmeilen zu kaufen gab. Desert Storm über Brixton. Er spürte Fens Aufmüpfigkeit und war kampfbereit. Aus der Tasche am linken Oberschenkel lugte eine Browning Automatic. Er lächelte, sagte: »Die sollen sich ficken.«

Fenton war unsicher, wollte weichen, musste sich aber behaupten. Fragte: »Warst du das, Kev? Hast du ihn umgelegt?«

Kev war begeistert. Die Truppen blieben auf Linie, wenn sie glaubten, mit dem Boss legt man sich besser nicht an. Er sagte: »Was glaubste, Fen, he … was meinste?« Albert und Doug waren auf den Beinen, die Luft knisterte. Fen plumpste auf den Stuhl zurück, sagte: »Ach Scheiße, Kev, es war nie die Rede davon, Bullen umzulegen. Scheiße, das geht nicht. Das ist …« Er versuchte verzweifelt, seinem Gefühl Ausdruck zu verleihen. »Das ist unbritisch.«

Kev gab ein wildes Lachen von sich, zog die Browning, stellte sich in Schussposition, Beine breit, beide Hände am Griff, schwang den Lauf hin und her, von einem Gangster zum nächsten, schrie: »In Deckung!«, und sah, wie die Idioten sich zu Boden warfen.

Er hörte die Hueys tief über dem Mekong-Delta fliegen und nahm sich vor, noch mal *Apocalypse Now* auszuleihen.

Der Galtimore Ballroom bestätigt die englische Ur-angst. Dass die Iren erstens eine Sippe, zweitens Wilde, drittens Irre sind.

Einer wogenden Masse zuzusehen, die unter völliger Aufgabe jeglicher Unsicherheit zu einer Showband »tanzt«, ist wirklich beeindruckend. Wie ein Rave mit Ziel. Als Falls die Eingangstür sah und den Vibe spürte, fragte sie: »Sind wir zum Tanzen hier, oder machen wir eine Razzia?«

Eddie nahm ihre Hand, lachte: »Die laufen gerade erst warm.«

Sie konnte nur hoffen, dass er scherzte.

Tat er nicht. Zwei Türsteher sagten einstimmig: »Wie geht's, Eddie.«

Falls hatte keine Ahnung: War das gut oder schlecht? Gut, dass man ihn kannte, aber wie oft war er hier? War sie nur ein weiteres Samstagabendmitbringsel, bil-lig und von der Stange?

Eddie sagte: »Die sind aus Connemara. Leg dich nie mit ihnen an. Für die ist Sherry trinken die schlimmste Strafe von allen.«

Drinnen brodelte es, es schien, als wäre die gesamte Menschheit verschmolzen. Eddie sagte: »Warte hier, ich besorg uns was zu trinken«, und war weg.

Falls geriet in Panik, glaubte, ihn nie wiederzusehen. Die Menschenmasse schob sie weiter, in den Ballsaal hinein. Sie dachte: »Das also ist die Hölle.«

Ein kräftiger Mann, der stark nach Bier roch und ein schweißverklebtes Shirt trug, fragte sie: »Willste 'ne Runde?«

»Nein, danke, ich –«, aber er brüllte: »Fick dich, schwarze Schlampe.«

Eine Band aus allem Anschein nach mindestens fünfzig Musikern spielte eine laute Version von »I Shot the Sheriff«. Vor allem laut, und den Sheriff hassten sie. Und da kam Eddie, breites Lächeln, zwei kalte Getränke, sagte: »Na, hast du mich vermisst?«

»Yeah.«

Dann tanzten sie, trotz der Menge, der Hitze und der Band. Sie hotteten. Er konnte schwofen wie ein Aal. Falls war noch nie einem Mann begegnet, der tanzen konnte. Die meisten waren kaum der Sprache mächtig. Sie war höchst erfreut. Dann eine langsame Nummer: »Miss You Nights«.

Und sie zog ihn an sich, hielt ihn fest. Fragte: »Ist das ein Gedicht, oder bist du echt froh, mich zu sehen?«

»Das ist ein echtes Gedicht.«

Und später wurde es das.

Die Schönheit von Balham

Falls war in die Liebe verliebt. Sie sehnte sich nach der Mischung aus Kranksein, Übelkeit und Frohsinn, die damit einherging. Sodass man nicht essen, schlafen oder funktionieren konnte. Das Telefon bestimmte und ruinierte das Leben. Würde er anrufen, und wann, wenn, oh Gott ...

Du Mistkerl. Am liebsten hätte sie so Blödsinn gemacht wie ihren Ehenamen aufzuschreiben und Hemden für ihn zu kaufen, die er niemals tragen würde. Ihm die Haare schneiden und Ausflüge mit seiner Familie machen, unablässig über ihn reden, bis ihre Freundinnen brüllten: »Es reicht!«

Die ganze Nacht wach liegen und sein Gesicht betrachten, mit zwei Fingern sanft über seine Lippen streichen und halb hoffen, er würde aufwachen. Ihn vor dem Rasieren küssen und den Ausschlag wie eine Trophäe tragen. Ihm das Haar verwuscheln, nachdem er es gerade gestylt hat, und seine Wäsche bügeln oder sogar das Gesicht. Sie kicherte. In Sachen Musik würde sie in der Öffentlichkeit so cool seinen Namen hauchen wie Alanis Morissette. Leichte Obszönitäten raunen, in höchsten Tönen flöten. Zu Hause, wenn es mal nicht die Cowboy Junkies sein sollten, würde sie ihr Haar zu einem strengen Knoten binden und Evita auf den Plattenteller legen. Vor ihrem Fenster hing ein Blumenkasten, und mit ein bisschen bemühter Phantasie – das Fenster weit geöffnet – stand sie auf dem Balkon der Casa Rosada in Buenos Aires. Ein paar trockene Sherries trugen sie weiter, und sie würde laut zu »Don't Cry For Me, Argentina« mitsingen.

Das Lied auf Wiederholung, bis ihr Tränen in den Augen standen und ihr das Herz schmerzte vor Zärtlichkeit für ihren »Hemdlosen«. Bis ein Passant brüllte: »Jetzt halt mal die Luft an!«

Es liegt durchaus im Bereich des Möglichen, dass manchmal ihre Stimme bis zu den Ohren des Umpire getragen wurde und seine Gemetzelträume milderte. Widerwillig, wie eine traurige Peronistin, stellte sie Evita ab und bedachte ihre Lage. Wenn sie Roberts von Brant und Mrs. Roberts erzählte, würde sie das tief in die Scheiße reiten. Wenn sie ihm nichts sagte und er es rausfand, würde sie noch tiefer drinstecken. Wenn sie niemandem irgendwas sagte, würde sie wahrscheinlich überleben. Die gütige Feigheit rumorte in ihren Eingeweiden. Falls konnte sich noch gut an den Tag erinnern, als ihre Freunde auf der Straße auf sie zugerannt waren und gerufen hatten: »Komm schnell, schau dir den Mann im Park an.«

Als sie hinkam, hätte sie heulen können. Das Objekt der allgemeinen Neugier war ihr Dad, der nach einem Saufgelage nach Hause schwankte. Sie hatte versucht, ihm zu helfen. Sie war vier Jahre alt gewesen. Solange sie zurückdenken konnte, war ihr Leben von seiner Trinkerei überschattet gewesen. Er wurde nie gewalttätig, aber über ihrer Familie hing eine dicke, schwarze Wolke. Sie hatte das Gefühl, auf ein Schlachtfeld geboren zu sein. Seine Sauferei zerstörte die Familie. Und begleitet wurde sie von den vier Reitern: Armut, Angst, Frustration, Verzweiflung.

Dad war dafür taub. Nie war Geld da für Schulbücher oder Essen. Nachts versuchte sie, die lauten Stimmen ihrer Eltern auszublenden. Oder lag zusammengerollt da, zu verängstigt, um schlafen zu können, weil ihr Vater nicht nach Hause gekommen war. Wünschte, er wäre tot, und betete, dass er es nicht war. Nie lud sie Freundinnen nach Hause ein, die Launen ihres Vaters waren zu unberechenbar. Einen Großteil ihrer Kindheit verbrachte sie damit, seine Trinkerei zu verheimlichen. Einmal hatte sie ihn gefragt: »Kann ich zwei Schilling für ein Englischbuch haben?«

»Was, sprichst du das nicht schon?«

Hatte geflüstert, um ihn nicht aufzuwecken. Das alles hatte ihre Mutter kaputtgemacht. Ihrer jamaikanischen Herkunft entsprechend hatte sie das »Tyrannensyndrom« entwickelt und versucht, die junge Falls auf ihre Seite zu ziehen. Sie hatte früh gelernt, »mit den Hasen zu rennen und mit den Hunden zu heulen«, es allen recht zu machen. Oh ja! Irgendwann überzeugte sie sich, dass Religion die Lösung wäre. Wenn sie fleißig genug in die Kirche ginge, würde er aufhören.

Tat er nicht.

Sie ließ die Kirche sein. Allmählich wurde ihr das schreckliche Dilemma klar, in dem ein Kind wie sie steckte. Man musste das, was man hatte – den alkoholkranken Vater –, überstehen und für das, was man nicht hatte, leiden. Mit neunzehn stand sie vor der Wahl: durchdrehen oder Karriere machen. Also ging sie zur Polizei und hatte oft das Gefühl, das wäre Irrsinn auf zwei Beinen.

»Love makes the world go round«

Falls schaute in den Spiegel und sagte: »Ich bin umwerfend.« Auf jeden Fall fühlte sie sich so. Eddie sagte es ihr immer wieder, und, wow, sie konnte nicht genug davon bekommen. Einfach so hatte er ihre Wange gestreichelt und gesagt: »Ich kann nicht glauben, dass ich dich gefunden habe.« Herr im Himmel!

Eine Frau träumt ihr ganzes Leben von so einem Mann. Wenn seine Sprüche nur Sprüche wären, na und? Es war wie Magie. Sternenstaub rieselte auf sie herab. Natürlich hatte sie sich den Klischees hingegeben, unter Geigenklängen seinen Namen ausprobiert, nur mal so: »Susan Dillon.«

Hmm. Vielleicht lieber Susan Falls Dillon?

Das war noch nicht der Weisheit letzter Schluss.

Eddie Dillon rollte von Falls herunter, lag auf dem Rücken und atmete aus. »Der Traum aller Iren.«

»Als da wäre?«

»Eine Polizistin zu vögeln.«

Nach dem Tanzen hatte sie ihn auf ein Getränk eingeladen. Er hatte an- und sie genommen. Im Flur, in der Küche, im Wohnzimmer, bis er schließlich keuchte: »Ich geb auf – wo hast du das Bett versteckt?«

Als sie erschöpft auf dem Boden lagen, erschien die

uralte Kluft zwischen den Geschlechtern in kaltem Licht. Sie wollte, dass er sie in den Arm nahm und ihr sagte, dass er sie liebte, in Sanftheit baden. Er wollte schlafen. Aber als Teilzeit-Moderner-Mann machte er einen Kompromiss. Hielt ihre Hand und döste. Sie musste sich auf die Zunge beißen, um nicht »Ich liebe dich« zu sagen. Dann regte er sich, sagte: »Ich habe solchen Durst, der wäre für den Papst die Hölle. Wenn du mir in den Mund spuckst, geb ich dir 'nen Fünfer.«

Sie lachte und, Opfer der neuen Emanzipation, erhob sich und holte ihm ein Glas Wasser. Nachdem er gierig getrunken hatte, rülpste er laut, stellte das Glas auf seiner Brust ab, sagte: »Himmel, ein Mann könnte eine Frau wie dich wirklich lieben.«

Ah! Der ewige Köder, die nie versagende Verheißung des ganz Großen. Ihr Herz pochte, sie wusste, dass sie sich im Beziehungsminenfeld befand. Ein falscher Schritt, und wumms war man wieder bei Singleportionen aus dem Supermarkt. Sie sagte: »Hoffentlich hast du aufgepasst.« Er neigte das Glas leicht und sagte: »Oh ja, ich habe keinen Tropfen verschüttet.«

Als sie schließlich ins Bett gingen, schlief er sofort ein. Falls hasste sich für ihr Bedürfnis nach seiner Umarmung. Später wachte sie auf, als er strampelte und schrie und sich plötzlich kerzengerade aufsetzte. Sie sagte: »Oh Gott, ist alles okay?«

»Mann, die Flashbacks.«

»Was?«

»Sagen das Männer nicht immer in Filmen?«

»Oh.«

»Himmel, was für ein Film.«

Als Falls wieder in unruhigem Schlaf versank, schwirrte ihr ein Song von Tony Braxton im Kopf herum – »Unbreak My Heart«.

Eddie wusste, wie man's macht. Nachdem er die Nacht bei ihr verbracht hatte, fand sie überall kleine Zettel, im Kühlschrank versteckt, unter ihrem Kopfkissen, in ihrer Manteltasche. Nach dem Motto: »Ich vermisse dich jetzt schon« oder »Du bist das Licht in meiner Dunkelheit« und andere Perlen. Rosamunde Pilcher hätte vor Freude getanzt. Wenn sie nebeneinander gingen, sagte er: »Darf ich deine Hand halten, ich fühle mich dann total warm.«

Ein Gott.

Und wie er küssen konnte. Endlich ein Mann mit goldener Zunge. Sie konnte schon vom Küssen allein kommen und tat es oft.

»Wenn dir dein toter Vater im Traum erscheint, bringt er schlechte Nachrichten. Wenn deine tote Mutter kommt, sind es gute.«

Rosie konnte sich für keinen Kaffee entscheiden. Sie und Falls hatten sich in einem dieser neuen Spezialitätenkaffeecafés verabredet. Auf der Karte standen über dreißig Variationen des Gebräus. Falls sagte: »Gute Güte, Instant kommt wohl nicht infrage.«

»Psst, nicht solche ketzerischen Gedanken, sonst zersplittern hier die Fenster.«

Falls warf noch einen Blick auf die Karte, sagte dann: »Okay, ich nehm den Double Latte.«

»Was?«

»Das kenn ich aus Filmen.«

»Hmm, klingt schwachbrüstig. Ich nehme den Seattle Slam.« Sie lachten.

Rosie sagte: »Also, Mädel, nun erzähl schon.«

Falls kicherte, sagte: »Wenn ich dir sage, dass er mich auf den Hals küsst ...«

»Ah-ha.«

»... direkt unter dem Haaransatz.«

»Oh Gott, ein Prinz.«

»Und mich danach festhält.«

»Er ist einzigartig, besser als ein Prinz.«

Der Kaffee kam, Falls probierte, sagte: »Ja, Instant mit Schaum.« Dann beugte sie sich vor, fügte hinzu: »Weißt du, was ich beim ersten Date gemacht hab?«

»Du schamlose Kuh.«

»Das auch. Aber als wir aus dem Tanzschuppen kamen, hab ich mich ganz matt gefühlt.«

»Vor Lust.«

»Und mich auf den Bordstein gesetzt.«

Rosie nippte, verzog das Gesicht, sagte Falls, sie sollte weitererzählen.

»Bevor ich saß, hatte er die Jacke ausgezogen und sie auf den Asphalt gelegt.«

»Also hast du dich erst darauf und später auf sein Gesicht gesetzt.«

Sie grölten, beschämend entzückt, angenehm schockiert. Rosie sagte: »Probier mal«, und schob den Slam über den Tisch. Falls tat es, sagte: »Da ist Alk drin, schau auf der Karte nach.«

Und wirklich, da stand im Kleingedruckten fast unleserlich: »Reine kolumbianische Bohnen, doppelter Espresso, ein Schuss Cointreau«. Falls sagte: »Ich weiß, was der Cointreau uns sagen will.«

»Was denn?«

»Lasst euch volllaufen. Hab ich dir erzählt, dass ich von meinem Dad geträumt hab?«

Später, geslammt und high auf Espresso, zeigte Falls ihr Eddie Dillons Gedicht.

»Er hat dir ein Gedicht geschrieben?«

»Ja.« (schüchtern)

»Taugt es was?«

»Wen kümmert's? Es ist für mich, es muss genial sein.«

»Gib her, Mädel.«

Tat sie.

Segen

Nie geglaubt
an solch wie Segen
war
du warfst
im Machen
ungeholfen in den Tag
und Hilfe geboten
so halfst du dir
selbst – Ein Weinen
tief
zu einem Blick mit Vorsicht – auf der Hut
sinkend immer weiter
zur nackten Fassade
im Schmerz
– niemals
– nicht einmal
einmal zugeben
welch Wirrnis in dir weht.

Solche Götter wie
sie dir im Sinn waren – wenn Gott

als solches es gewesen wäre
du bist nie
tief in dich gegangen

Solch wie es von dir kam
fühlte sich
der allererste Liebesglauben
Form gebend jedem Lächeln
von dir je frei
geschenkt

Rosie bewegte beim Lesen die Lippen. Das rührte Falls aus irgendeinem Grund, und sie musste wegschauen. Schließlich: »Wow, das geht tief.«

»Wahrlich, so was sagt er, ›wahrlich‹.«

»Verstehst du es?«

»Türlich nicht. Was hat das damit zu tun?«

»Oh, du Glückskuh, ich glaube, ich hasse dich!«

Er schickte jeden zweiten Tag Blumen, sie sagte: Ich bin gesegnet. Kein Wölkchen am Himmel ... fast. Ein, zwei kleine Nichtigkeiten, kaum der Rede wert: Erstens, er konnte sie nicht mit in seine Wohnung nehmen, zweitens, sie konnte ihn nicht anrufen. Gegen all das andere Gold in der Waagschale war das nichts – richtig?

Richtig! Sinnlos, Rosie überhaupt davon zu erzählen. Wozu? Dennoch: »Rosie, was hältste davon ...?« Und Rosie: »Oh Gott, das ist sehr ominös.«

Falls war stinksauer: »Ominös? Seit wann hast du ein Wörterbuch verschluckt?« Das war's, keine weiteren Kommentare von Ms. Besserwisserin.

Es klingelte an der Tür, und sie spürte ihr Herz abheben. Wieder Rosen, jede Wette. Grinsend öffnete sie die Tür.

Nicht Interflora.

Eine Stadtstreicherin. Na ja, fast. Eine Frau mittleren Alters, die »schmucklos« zu nennen großzügig wäre. Ihre Haare waren schmutziggrau, die einstige Farbe lange ausgeblichen. Falls seufzte. Die Obdachlosensituation war noch schlimmer als von der *Big Issue* schwarzgemalt. Jetzt kamen sie schon an die Tür. Sie machte sich bereit: Schwitzkasten, ein paar Pfund und die Adresse der Salvation Army ... dann war sie Geschichte.

Die Frau fragte: »Sind Sie WPC Falls, die Polizistin?« Überraschend sanfter Tonfall. Kultivierter irischer

Akzent, voller weicher Vokale und dunkler ls, Zeichen guter Herkunft.

»Ja.«

»Ich bin Nora.«

Falls wollte nicht schnippisch werden, sagte: »Ich möchte nicht unhöflich sein, aber Sie sagen das, als müsste mir das etwas sagen. Es sagt mir aber nichts.«

Die Frau trat vor, nicht bedrohlich, eher so, als sollte nicht die ganze Welt mithören, sagte: »Nora Dillon. Eddies Frau.«

Falls war auf Konfrontation gebügelt. Die verlässlichen Reeboks, Sweatshirt und Trainingshose. Sie saß aufrecht auf dem Sofa und wartete auf Eddies Hinrichtung. Zuerst hatte sie überlegt, sich wie Ellen Degenes zu drapieren. Die lässige Fernsehpose, Beine unterm Hintern, yogamäßig. Aber das tat höllisch weh. War Ellen seit ihrem Dyke-Coming-out ein Vorbild? »Wir finden, nicht«, sagte Mittelklasseamerika. Eddie kam also mit roten Rosen, Schwarzer Magie und einem Scheißefressergrinsen im Gesicht. Er gab sogar eins von seinen Gedichten zum Besten. So:

Ich bot dir einst
einen kalten Gruß
und du
ärmer
gabst mir
nichts.

Er trug einen braunen Leinenanzug, dazu Bally-Halbschuhe. Sein Gesicht glänzte wie karbolgeschrubbt. Er sah aus wie ein Junge. Es riss an ihrem Herzen. Verdammt. Er wiederholte die Zeile der Dramatik wegen: »Gabst mir nichts.« Langsamer, Schlafzimmerblick, dann: »... gar nichts.«

Eddie sah auf und erwartete Lob. Falls stand auf, sagte: »Komm her.«

Er lächelte, antwortete: »Ich liebe es, wenn du dominant wirst.«

Er kam zu ihr, drehte den Kopf zum Kuss, und sie stieß ihm das Knie in die Eier, sagte: »Jetzt mach dir darauf mal einen Reim, Arschloch.«

Er fiel flach wie ein Verriss. Sie dachte an Brant und was er sagen würde.

»Bring's mit einem Kopftritt zu Ende.«

Ein Teil von ihr war ernsthaft versucht, der andere hätte ihn am liebsten in den Arm genommen. Sie nahm all ihre Entschlossenheit zusammen, bückte sich, packte ihn am Leinenjackett und begann, ihn in Richtung Tür zu schleifen, wobei ihm einer seiner braunen Halbschuhe vom Fuß rutschte. Erreichte die Tür und schmiss ihn mit letzter Kraft raus. Dann las sie die Blumen, die Schokolade und den verlorenen Schuh auf und warf ihm alles nach. Dann knallte sie die Tür zu, lehnte sich einige Sekunden lang mit dem Rücken dagegen, und ließ sich zu Boden rutschen.

Nach einer Weile hörte sie ihn. Sein Klopfen an der Tür und seine Stimme.

»Liebling ... Süße ... lass mich erklären ...«

Sie steckte sich die Finger in die Ohren wie ein Kind. Es funktionierte nicht ganz, seine Stimme war immer noch hörbar, die Worte allerdings nicht mehr verständlich. Es ging eine Weile so weiter und starb dann ab. Schließlich rührte sie sich, stand auf, sagte: »Ich werde nicht mehr weinen.«

Sie stellte sich unter die Dusche und drehte auf kochend heiß, bis ihre Haut ICH GEBE AUF schrie. Dann kramte sie einen schmuddeligen Trainingsanzug hervor und zog ihn an. Sie sah fett darin aus.

Sie sagte: »Ich seh fett darin aus ... gut!«

Öffnete vorsichtig die Tür. Kein Eddie. Ein paar Blumen lagen verstreut herum und machten ihr das Herz schwer.

Falls hatte in ihrem Beruf schon viel gesehen, aber diese Blumen erschienen ihr wie verlorene Hoffnung in Reinkultur.

Im Getränkeladen holte sie eine Flasche Wodka, vielleicht was zum Mischen? Nein, sie würde ihn bitter trinken, das passte.

Wieder zu Hause trank sie den Wodka aus einem Becher. Er trug die Aufschrift: *Ich bin zu sexy für mein Alter.*

Etwas später legte sie Joan Armatrading auf und suhlte sich in herrlichen Seelenqualen.

Als die Flasche fast leer war, warf sie die Musik aus dem Fenster.

Am Ende des Abends griff sie zu einem Hammer und kloppte den Becher in Stücke.

Brant war gestiefelt und gespornt. Die Wohnung war von einer professionellen Reinigungsfirma generalüberholt worden. Sie hatte noch kein Geld dafür bekommen, stand aber jetzt unter »Polizeischutz«. Er war mit ihrer Arbeit sehr zufrieden. Der Anzug war echt handgeschneiderte Jermyn Street. Brant hatte dort nach einem Einbruch ermittelt ... und Beute gemacht. Wenn Aussehen Bände spricht, dann parlierte dieser Anzug wie das Königshaus. Man könnte darin schlafen, und er würde immer noch verkünden: »Hey, hat das Klasse, oder was?«

Hatte es. Dazu trug er handgemachte italienische Halbschuhe, die für mühelose Arroganz standen. Um den Hals hatte er eine Polizeiverbandskrawatte gebunden, ein Makel in jedem Gesamtbild, über einem gedeckten Hemd. Er beäugte sich selber in dem neuen Ganzkörperspiegel und war echt begeistert, sagte: »Ich bin echt begeistert.« Das ganze Outfit war ein Fanfarenstoß für die Vereinigten Straßenräuber, bis sie sein Gesicht sahen und es sich anders überlegten: »Vielleicht besser nicht«.

Er steckte den Beeper ein, falls die »E« sich meldete. Er musste erreichbar sein. Eine echte Rolex komplettierte das Bild. Leider war sie so echt, dass sie wie eine Fälschung aussah und der gesamten Erscheinung die dringend benötigte Ironie verlieh. Er sagte laut: »Du bist ein heißer Typ.« Als er ging, warf er die neue stahlverstärkte Tür mit Schmackes hinter sich ins Schloss.

In Südost-London heißt es oft: »Das Los eines

Bullen ist ein Volvo«. Brant war keine Ausnahme. Er betrachtete es als Vorteil, einen deutlich erkennbaren Bullenwagen zu fahren. Den klaute wenigstens keiner. Oder wie andere sagten: »Wer würde den schon haben wollen?« Als er den Wagen aufschloss, fielen ein paar Regentropfen. Er sagte: »Scheiße.« Und erinnerte sich, dass sein alter Herr mal gesagt hatte: »Ah! Weicher irischer Regen.« Worauf seine Mutter erwiderte: »Eher weiche irische Männer.«

Eine Frau näherte sich, respektabel gekleidet, was nichts enthüllte. Für Brant schon. Sie sagte: »Entschuldigung?«

»Was?«

»Ich möchte keine Umstände machen, aber mein Wagen ist liegengeblieben, und ich habe kein Kleingeld dabei. Ich brauche drei oder vielleicht vier Pfund für ein Taxi.«

»Lass dir was Neues einfallen, Lady.«

Und er stieg in den Volvo. Sie sah ihn mit bassem Erstaunen im Gesicht nach, und als er losfuhr, sagte sie deutlich: »Wichser.«

Er lachte laut auf. Der Abend hatte gut begonnen.

Aufrüsten

»Heute Abend ... heute Abend ... heute Abend ... geht's los ... oh yeah.«

Er hatte eine Plane auf dem Boden ausgebreitet und begann, die Waffen auszulegen: zwei abgesägte Flinten, einen Kanister Tränengas, drei Baseballschläger und diverse Handfeuerwaffen.

Er sah zuerst seinen Bruder an, sagte: »Okay, Albert, triff deine Wahl.« Al nahm eine Knarre, wog sie in der Hand und stopfte sie in die hintere Jeanstasche. Kev pfiff. »Echt verdammt cool. Pass auf beim Hinsetzen.«

Er nahm die Abgesägten und warf sie Doug und Fenton zu: »Weil ihr beiden Typen der Knaller seid.«

Dann nahm er selber zwei Knarren, hielt sie nach vorne gerichtet, sagte: »Die Schläger sind wohl überflüssig, wie? Das ist eine reine Jagdgesellschaft.« Albert lächelte, dachte an die Knarre, die er erbeutet hatte. Jetzt war er echt gut bestückt.

Fiona Roberts wusste, dass ihre Ehe schlecht lief, oft geradezu leidvoll. Aber sie war entschlossen, daran festzuhalten. Wenn das bedeutete, mit den Hunden zu schlafen ... oder dem Hund, würde sie die Flöhe ertragen. Sie war nicht sicher, was sie zu einem erpressten Date anziehen sollte. Edelnutte oder Stadtstreicherin?

Vielleicht eine Mischung aus beidem. Als Brant gesagt hatte, er wolle sie »umwerben«, hätte sie ihm fast in sein Schweinegesicht gelacht. Aber der Instinkt hatte ihr den Mund zugehalten, und sie wusste, dass sie vielleicht noch alles zum Besseren wenden konnte. Also willigte sie ein, und er sollte sie am Marble Arch abholen. Reumütig wurde ihr klar, dass das ein Straßenstrich war. Ein Taxi brachte sie hin, und als sie zahlte, sagte der Fahrer: »Bisschen kalt dafür heute, Süße.«

»Wie können Sie es wagen!«

»Was?«

»Ihre Anspielung. Ich glaube, Sie wissen nicht, was Sie da sagen.«

»Komm runter, Kleine. Ich hab gar nüscht gemeint, ist Höflichkeit etwa seit Neustem verboten?«

»Hmmpf!«

Sie knallte die Tür zu, und er fuhr mit einem Zehner von dannen.

Brant bog mit plärrendem Radio auf den Arch ab. Chris Rea war auf der »Road to Hell", und Brant hoffte, es wäre kein Omen. Er hielt an, stieß die Tür auf, rief: »Hiya, Schatz!«

Sie hatte den Golf erwartet und begriff, dass er sie überraschen wollte. Als sie einstieg, sah sie, dass er ihre Beine anstarrte, sparte sich aber einen Kommentar. Wortlos wendete er in Richtung Bayswater zurück. Ein gefährliches Manöver.

Sie sagte: »Bestimmt illegal?«

»Das erhöht die Spannung.«

Sie strich ihr Kleid über den Beinen glatt, und er fragte: »Hunger?«

»Wieso, fällt Ihnen noch ein Truckerimbiss ein?«

»He!« Und er warf ihr einen Blick zu. Sie hätte schwören können, dass er gekränkt wirkte, und dachte: »Gut.«

Er wich einem Radfahrer aus und sagte leise: »Ich hab bei Bonetti's reserviert.«

Sie sagte nichts, und er fragte: »Und?«

»Und was? Nie davon gehört.«

»Das steht im Egon Ronnie.«

»Ronnie? Der heißt Ronay.«

»Wie auch immer, ich dachte, es würde Sie freuen.«

Irgendwie tat es das auch.

Der Anruf ging vor sechs bei Roberts ein. »Chief Inspector Roberts, sind Sie das?«

»Ja.«

»Hier spricht Governor Brady, drüben in Pentonville.«

»Ja?«

»Ich habe hier einen Herrn im B-Flügel, der Sie interessieren könnte.«

»Wieso?«

»Sie leiten die Umpire-Ermittlung doch noch, oder?« Eine leichte Gereiztheit schlich sich ein, als er hinzufügte: »Ich meine, Sie wollen die Cricket-Sache doch lösen?«

»Natürlich, unter allen Umständen. Tut mir leid, es war ein langer Tag.«

»Verbringen Sie mal einen Tag im Knast.«

Roberts wollte brüllen: »Nun mach voran, Blöd-mann«, wusste aber, dass Samthandschuhe wichtig waren, und spachtelte über mit: »Sie machen da tolle Arbeit, Governor, das ist sicher nicht einfach.«

»Ganz und gar nicht.«

»Also, dieser Herr, den Sie da haben, das könnte unser Junge sein, meinen Sie?«

»Er sagt, er sei es.«

»Oh.«

»Kam gestern wegen Körperverletzung rein. Wir mussten ihn wegen seines psychotischen Verhaltens in den B-Flügel stecken.«

»Kann ich vorbeikommen?«

»Ich warte auf Sie.«

Als Roberts auflegte, verspürte er keinerlei Hoff-nung. Sie steckten bis zu ihren Ärschen in Umpires, alle falsch. Aber er musste dem nachgehen.

Als Brant den Wagen parkte, sagte er: »Der Volvo ist wie meine Ex.«

»Ja?«

»Zu groß und zu schwer.«

»Ich frage mich, warum sie Sie verlassen hat.«

Der Maître d' hofierte sie, setzte sie an den besten Tisch, sagte: »Immer eine Freude, der Polizei zu Diens-ten zu sein.«

Fiona seufzte. Das Restaurant war fast voll, Gesprä-che schwirrten durch den Raum. Zwei riesige Speise-karten kamen. Sie sagte: »Bestellen Sie.«

»Alles klar.«

Ein junger Kellner scharwenzelte heran und lächelte sie in strahlender Kameradschaft an. Brant fragte: »Was ist so lustig, Kumpel?«

»*Scusi?*«

»Herrgott, noch ein Itaker. Gib uns 'ne Minute, okay?« Ein weniger beherzter Rückzug des Kellners. Fiona sagte: »Sie haben so eine Ausstrahlung.«

»Aber wie.« Dann schnippte er die Finger, sagte: »Hey, Placedo!« Und bestellte Folgendes: Vorspeise – Krabbencocktail; Hauptspeise – marinierter Tweed-Lachs mit Gurkensalat und ein Pfeffersteak, geröstete und Ofenkartoffeln; Dessert – Pekannuss-Biscuitkuchen mit Orangenmarmeladeneis; Wein – drei Flaschen Chardonnay.

Der Kellner blickte erstaunt drein, und Brant sagte: »Hey, wach auf, Guiseppe, von nichts kommt nichts.«

Fiona wusste nicht, was sie sagen sollte, sagte: »Ich weiß nicht, was ich sagen soll.«

»Der Typ ist leicht auf den Füßen, würde ich sagen.«

»Wie bitte?«

»Ein Arschbandit, einer von diesen Kissenbeißern.«

»Oh Gott.«

Die Vorspeise traf ein, und die erste Flasche Wein. Brant schenkte freigiebig aus, hob sein Glas, sagte: »Ein Toast.«

»Gute Güte.«

»Das auch.«

Sie war froh über den Alkohol, trank in großen

Schlucken und fragte: »Hassen Sie meinen Mann so sehr?«

»Was?«

»Müssen Sie wohl. Ich meine, all das hier.«

»Er ist ein guter Polizist und ehrlich. Das hier hat nichts mit ihm zu tun.«

»Aber warum dann? Bestimmt geht es nicht nur ums Ficken.«

Er zuckte bei dem Wort zusammen, setzte langsam sein Glas ab, sagte dann: »Es geht um Klasse. Ich hab nie welche gehabt. Sie schon. Ich dachte, vielleicht färbt was auf mich ab.«

»Das kann nicht Ihr Ernst sein.«

Er löffelte den Krabbencocktail, als wären Geheimnisse darin verborgen, sah ihr dann in die Augen und begann: »Ich glaube, ich bin wütend auf die Welt gekommen, und es gab viel, auf das man sauer sein konnte. Wir hatten nichts. Dann bin ich Bulle geworden, und raten Sie mal, was passiert ist?« Sie hatte keine Ahnung, aber er erwartete auch keine Antwort, fuhr fort: »Ich bin ruhiger geworden, weil ich endlich respektiert wurde. Hat sich angefühlt, als bin ich wer. Ich und Mike Johnson. Er war mein bester Kumpel, Mickey, hat sogar noch mehr dran geglaubt. Dass die Allgemeinheit sich um uns scheren würde. Eines Abends ist er los zu einer häuslichen Auseinandersetzung, der übliche Dreck, ein Typ hat seine Frau zu Brei geschlagen. Mickey hat ihn an die Wand gedrückt, hat ihm gerade Handschellen angelegt, als die Frau Mickey mit einem Nudelholz flachgelegt hat.« Brant lachte laut, Köpfe drehten sich, er wiederholte: »Ein scheiß Nudelholz, wie ein mieser Witz.«

»War er verletzt?«

»Nachdem sie ihn kastriert hatten, ja.«

Fiona ließ den Löffel fallen. »Oh, Herrgott noch mal.«

»Der war grad nicht da. Man muss denen klar machen, dass man der brutalste Scheißkerl ist, dem sie je begegnet sind. Dann werden sie still.« Brant war tief in Erinnerungen verloren, sogar der Wein war vergessen.

»Meine Frau, die hab ich geliebt, aber ich konnt's ihr nicht sagen. Durfte nicht weich werden, verstehen Sie? Um nicht am Ende wie Mickey Sopran zu singen.«

Was immer Fiona hätte sagen wollen oder können, wurde abgewehrt. Brants Beeper schlug Alarm, er sagte: »Fuck«, und machte sich auf die Suche nach einem Telefon. Wenig später war er zurück. »In Brixton dampft die Kacke, ich muss los.«

»Oh.«

Er kramte in seinen Taschen, leerte einen Haufen Scheine auf dem Tisch aus, sagte: »Ich hab Ihnen ein Taxi gerufen, Sie bleiben und essen in Ruhe«, dann war er weg. Fiona wollte weinen. Um wen oder warum, wusste sie nicht genau, aber um ihr Herz hatte sich ein Schleier unendlicher Traurigkeit gehüllt.

Als Brant zum Auto lief, war in seinem Kopf ein durch Erinnerungen aufgebrachter Wirbelwind aus Schmerz. Er hatte sich aus der Deckung gewagt und jetzt Mühe, sein übliches Aggressionslevel aufrechtzuerhalten. Als Mantra sprach er im Stillen Jack Nicholsons Text aus *Eine Frage der Ehre* nach: »Die Wahrheit, Sie können die Wahrheit doch gar nicht ertragen – ich frühstücke jeden Tag vierhundert Yards von Kubanern entfernt, die mich töten wollen.« Einen Augenblick lang war er Jack Nicholson, der Tom Cruise lautstark über die Fresse fuhr.

Es funktionierte. Die verwundbare Stelle begann überzufrieren, das satanische Lächeln kehrte zurück in sein Gesicht. Er sagte: »Ich hab's im Griff, Mister.« Und das hatte er. Während sich der Volvo Richtung Südost-London schob, lief Nicholsons Text weiter: »Ihr kreuzt hier in euren schwulen weißen Uniformen auf, haltet eine Marke hoch und erwartet, dass ich salutiere.«

»Last Train to Clarkesville«

Während Roberts sich innerlich für den Trip nach Pentonville stählte, klingelte wieder das Telefon. Er überlegte, es zu ignorieren, sagte aber schließlich: »Verdammt und zugenäht«, und ging ran. »Ja?«

»Ist da die Polizei?«

»Ja.« (sehr kurz angebunden)

»Ich bin Pflegerin im St. Thomas.«

»Und?«

»Nun, ich weiß nicht, ob ich übertreibe, aber wir haben hier einen Mann, der ... ich weiß nicht, wie ich das sagen soll.«

Roberts atmete laut aus und sagte: »Sie haben den Cricket-Mörder, stimmt's?« Er konnte ihr Erstaunen hören, erst einen Moment später brachte sie heraus: »Ja. Ja, zumindest könnte er es sein.«

Roberts konnte sich den Sarkasmus nicht verkneifen, sagte: »Hat gestanden, ja?«

»Nicht ganz, nein. Es kam ein Mann rein, der von einem Bus angefahren wurde, und im Schlaf ruft er seltsame Sachen.«

Roberts kam sich vor wie selber vom Bus angefahren, sagte müde: »Ich schicke tuut-swiet jemanden los.«

»Tuut was?«

»Schnellstens, Schwester, okay?«

»In Ordnung, ich warte auf Sie.«

»Ja, ja.«

Und er legte auf. Kramte in der Tasche, zog eine Münze hervor, sagte: »Kopf Pentonville, Zahl der andere Kobold.«

Warf hoch in die Luft.

Es war Kopf.

Polizisten hatten die Electric Avenue abgeriegelt. Brant sah bewaffnete Einsatzkräfte auf den Dächern. Falls kam angerannt, sagte: »Haben Sie meinen Anruf bekommen?«

»Ich bin dir was schuldig, Babe. Ist das hier, was ich denke, was es ist?«

»Jemand hat eine Schießerei gemeldet, und ein Streifenkollege ist nachsehen gegangen. Beinahe wäre ihm der Kopf abgeschossen worden.«

Brant ging auf den leitenden Polizisten zu, sagte: »Ich glaube, ich weiß, wer da drin ist. Wie ist die Lage?«

»Scheiß Chaos. Wir wissen, dass da eine Drogenhöhle ist, und man hat vier weiße Männer reingehen sehen. Dann knallten die Schüsse los. Niemand ist rausgekommen. Wir haben einen Verhandlungsführer angefordert und versuchen, Telefonkontakt herzustellen.«

Brant drehte sich um und sagte zu Falls: »Pass gut auf.«

Bevor jemand reagieren konnte, ging er über die Straße und in das Gebäude hinein. Der Tatorttyp rief: »Was zum Teufel ...?«

Brant gab sich keine Mühe, die Treppe unbemerkt zu erklimmen, sondern ging mit lauten Schritten, bog dann in einen schummrig erleuchteten Korridor ab. Der Geruch von Kordit hing schwer in der Luft, und noch ein anderer, der von Blut.

Kev saß an die Wand gelehnt, die Beine von sich gestreckt. Beide Hände lagen auf seiner Brust, in jeder eine Waffe. Er war voller Blut.

Brant sagte: »Hab dich!«

Ein traniges Lächeln von Kev, dann: »Das hättest du sehen sollen, Kumpel. Wir sind rein und haben den Arschlöchern gesagt: Keine Bewegung. Weißte, was die getan haben?«

»Sich bewegt?«

»Haben rumgeschossen. Meinen Bruder hat's am Hals erwischt. Und Doug, tja, den überall. Fenton, keine Ahnung, hab ihn in der Aufregung irgendwie aus den Augen verloren.«

»Bist du schlimm verletzt?«

»Keine Ahnung, ich fühl nichts ... bisschen müde wohl.«

»Ihr seid die E-Crew, stimmt's?«

»Ja, genau.«

»Muss zugeben, nicht schlecht gemacht, ihr habt uns eine Weile auf Trab gehalten.«

»Das haben wir, wie?«

Brant näherte sich weiter, sagte: »Sache ist die, was machst du jetzt?«

»Keine Ahnung, Kumpel.«

Noch näher. »Wenn du aufgibst, Junge, wirst du berühmt. Jede Menge Presse, Filmrechte, Miniserien, Bücher. Am Ende prangst du auf T-Shirts.«

Sehr nah jetzt.

Kev begann, die Waffe in der rechten Hand zu bewegen, und Brant trat ihm ins Gesicht, schlug dann seinen Kopf ein paarmal gegen die Wand, nahm ihm die Waffen ab, sagte: »Das war's dann wohl.«

Er richtete sich auf, ging langsam auf die Wohnung zu, warf einen Blick durch die Tür, murmelte: »Herrje!«

Ging rein und trat vorsichtig über Leichen hinweg. Sah einen dicken Batzen Geld im Gummiband und sagte: »Nehme ich.«

Er stieß die Fenster auf, zeigte sich deutlich und rief: »Alles erledigt!«

Als das große Saubermachen begonnen hatte, saß Brant in einem Polizeitransporter und schlürfte Tee aus einem Styroporbecher. Falls kam an, sagte: »Schon gehört?«

»Was? Nein, sind das Sirenen?«

»Nein, Sarge, das ist eine Saubermann-Verhaftung.«

Brant sagte: »Man hat mir schon alles Mögliche vorgeworfen. Manches ist hängen geblieben, manches ist sogar wahr, und nichts davon gebe ich zu. Aber Hand aufs Herz, ich bin nie ein Rassist gewesen. Ich kann also ehrlich sagen, dass du der erste Nigger bist, den ich mag.«

Falls wusste nicht, ob sie sich auf ihn stürzen oder ihn einfach ignorieren sollte. Stattdessen: »Tja, Sergeant, vielleicht ist es in Ihnen nicht so schwarz, wie alle denken.« Mehr Kameraderie würde es niemals geben.

Roberts kehrte fauchend vor Wut aus Pentonville zurück. Der Verdächtige hatte sich als totaler Reinfall erwiesen. So voll mit Thorazine, dass er zugab, Lord Lucan zu sein.

Roberts musste seine ganze Geduld aufbringen, um ihm nicht eine zu knallen. Schlimmer, er musste dem Governor in den Arsch kriechen, der sagte: »Man kann nie vorsichtig genug sein, stimmt's?«

»Genau.«

Als er ins Auto stieg, überlegte er, einen Abstecher nach St. Thomas zu machen, sagte dann aber: »Scheiß auf den ganzen Bockmist.«

Fiona ging ans Telefon, dachte, es könnte Brant sein, sagte: »Ja?«

»Fiona, Penny hier.«

»Was willst du?«

»Oh, Fiona, es tut mir so leid, aber ich hatte keine Wahl.«

»Das stimmt nicht ganz, du hattest eine und hast dich entschieden, dich selbst zu retten.«

»Kannst du mir je vergeben?«

»Das glaube ich kaum.«

»Was kann ich tun, um es wiedergutzumachen? Alles. Ich tu alles.«

»Im Ernst?«

»Oh ja.«

»Dann fick dich, wie du es mit allen anderen getan hast.«

Zwei Wochen später

Im St. Thomas Hospital wurde ein Patient entlassen. Der Arzt sagte: »Mr. Shannon, treten Sie mal kürzer.«

»Geht Sport?«

»Nur als Zuschauer, ist das klar?«

»Crystal«, und der Umpire lächelte.

Die Aufregung über die Schießerei in Brixton ebbte langsam ab. Belobigungen, Auszeichnungen, Lobhudelei, Beförderung in Aussicht: Alles lag auf Brants Weg. Die George Medal wurde erwähnt.

Brant kam nach einem weiteren Abend flüssiger Beglückwünschungen nach Hause. Vor dem Haus legte er den Kopf in den Nacken und murmelte: »Ist das Leben nicht wunderbar?«

Eine Frau näherte sich und sagte: »Bisschen Kleingeld für 'ne Tasse Tee, Mistah?«

Zu spät bemerkte er das Pflaster, dann schob sich ein Messer tief in seinen unteren Rücken.

Als er auf die Knie fiel, dachte er: »Ach … Scheiße.«

Roberts betrachtete sich noch einmal in dem großen Spiegel. Er trug ein enges schwarzes Hemd, auf dem Kopf einen Homburg und eine dunkle Sonnenbrille. Ach ja, und weiße Socken unter der zu kurzen Hose.

Brant hatte ihn endlich zu einer Verkleidung für den Kostümwettbewerb auf der Met-Party überredet. Fiona keuchte bei seinem Anblick: »Was um alles in der Welt ...?«

»Ich bin ein Blues Brother!«

»Du siehst aus wie ein Gauner.«

Und sie verschwand unter Lachsalven. Als Brant es erklärt hatte, hatte es sich vielversprechender angehört. Sie würden in den Saal stürmen, von hinten beleuchtet. Bevor jemand sich von dem Schreck erholt hätte, würden sie entweder a) »Rawhide« oder b) »Stand By Your Man« anstimmen (»Hauptsache laut, Guv.«)

Roberts schob die Sonnenbrille zurecht und sagte versuchsweise: »Wir sind ...«

Nein!

»Wir sind im ...«

Besser. Und schließlich, laut und stolz:

»Wir sind im Auftrag des Herrn unterwegs.«

»Annäherungen an die Realitätstüchtigkeit der Kriminalliteratur«
Zur Geschichte des Polizeiromans

Ein Nachwort von Alf Mayer

Zwei abgewichste Profis, Future-Cops, Buddy-Cops, Cannibal-Cops, Cops ohne Gewissen, Kindergarten Cops, Undercover-Cops, Robocop, Werwolf-Cop, Kaufhaus-Cop, Killer-Cop, Superbullen, Die total verrückte Highway-Polizei, Men in Black I – IV, Nackte Kanone I – 33⅓, Bad Lieutenant, Bad Boys I – II, Drecksau (Regie: Jon S. Baird, mit James McAvoy, 2013) – das sind die Titel von Polizeifilmen aus den letzten 25 Jahren. Sie können kreuzbrav oder hart sein, subversiv oder unkritisch, anklagend oder gewaltverherrlichend, dumm oder oberflächlich oder ganz großes Theater. Karneval.

Ein wenig wie die Diskussion über Henne und Ei ist dabei, wer zuerst da war oder zuerst am schrillsten krähte – der Polizeiroman oder der Polizeifilm. Beide dürfen längst schon alles. Sie können in Vergangenheit und Zukunft steigen, alle Perversionen und Neurosen der Moderne ausloten, Heldenreisen sein oder Höllentrips, in jedem Genre wildern, die Welt immer wieder neu in den Blick nehmen. Und das alles dank Ed McBain.

Er ist der archimedische Punkt.

»Saubermann« zollt ihm schon gleich auf Seite 23 Referenz. Es ist Ken Bruens erstes Cop-Buch um die Londoner Truppe von Chief Inspector Roberts und seiner dunklen Seite, Detective Sergeant Brant, 1998 zuerst erschienen. Insgesamt sieben Romane wurden es bis 2007, drei davon liegen bereits bei Polar übersetzt vor (»Brant«, »Füchsin«, »Kaliber«).

(Brant:) »Hier, ich habe einen neuen McBain für Sie.«
Er warf ein eselsohriges Buch auf den Tisch. Es sah aus
wie gekaut, gewaschen und geschlagen. Roberts fasste es
nicht an, sagte: »Haben Sie das auf dem Klo gefunden?«
*   »Das ist sein bisher bestes. Keiner kriegt Polizeikrimis so*
hin wie Ed.«

Polizisten als normale Menschen zu zeigen – die dann wie Roberts und Brant bis ins schwärzeste Schwarz morphen –, das war über Jahrzehnte etwas Neues, was Jüngere sich bei der heutigen Dauerpräsenz von Cops auf dem Bildschirm kaum mehr vorstellen können. An der Popularität und Singularität einer Serie wie »Luther« lässt sich ablesen, wie ausgeprägt die Polizeifrömmigkeit in der Fernseh- und Serienwelt immer noch ist. Unterm Strich hat sie eher zugenommen.

1975 schrieb Wolf Donner, Filmkritiker der »Zeit« und dann Direktor der Berlinale, in einer Kritik:

»Alles ist total kaputt und verrottet, ein moralischer Schutthaufen. Ein Desaster, in dem die Polizei als Müllabfuhr funktioniert. Die Cops bewegen sich in Slums, tristen Vorstädten, finsteren Bars, Mafia-Villen und Unterwelt-Kaschemmen, unter jugendlichen Gammlern, Fixern, Huren, Außenseitern. Die Verbrecher sind vorzugsweise Schwarze, Schwule, Perverse, Zuhälter, Stricher, Dekadente – Typen, die fies genug sind, um uns von unserer Gleichgültigkeit zu dispensieren, wenn sie von den Hütern des Gesetzes zusammengeschlagen oder abgeknallt werden. Mitleid verdienen sie nicht.«

Selbst im Jahr 2021 ist jemand wie Brant immer noch eine Krimifigur, die auffällt und nicht umsonst in der Reihe »Dark Places« erscheint. Noch bevor er seinen Ex-Polizisten und Privatdetektiv Jack Taylor erfand (der erste Roman »Jack Taylor fliegt raus« (The Guards) erschien 2001), betrat Ken Bruen mit seinem Höllen-Duo R & B den großen Karneval.

»R & B wurden sie genannt. Wenn Chief Inspector Roberts den Rhythmus gab, dann war Brant der dunkelste Blues.«

So lautet der erste Satz von »Saubermann«. Ein Romananfang wie eine eingetretene Tür. Aber es gilt festzuhalten: Viele uns heute vertraute Autoren begannen erst lange, nachdem Ed McBain 1956 diese Tür überhaupt aufgestoßen hatte. Bereits 23 Romane von Ed McBains 87. Polizeirevier lagen vor, als Joseph Wambaugh mit seinem ersten Buch in Erscheinung trat. 36 McBain-Romane waren es schon, bis James Ellroy im Jahr 1984 mit Lloyd Hopkins begann. Derek Raymonds erster Factory-Roman, »Er starb mit offenen Augen«, aus dem gleichen Jahr war um vieles schwärzer und härter als Ellroy. Und ebenfalls 1984 gelang Charles Willeford nach langen Jahren der Obskurität der Durchbruch mit dem Cop-Roman »Miami Blues«. Eigentlich hatte er als Titel »Kiss Your Ass Good-Bye« vorgesehen.

Michael Connelly wunderte sich in der Rückschau: »Als mein erstes Buch herauskam, wurde es in der ersten Kritik, die ich bekam, als ›Polizeiroman‹ (Police Procedural) klassifiziert. Diese Bezeichnung kannte ich nicht. Ich dachte, ich hätte einfach ein Buch geschrieben, einen Kriminalroman, wenn es denn eine Einordnung brauchte. Sicher war es über Cops und Räuber und wie die Polizisten sich anstrengen, die Gangster zu finden, aber ich hatte nie realisiert, dass ich mich auf ein Subgenre zubewegte. Bald lernte ich, dass Kriminalliteratur eine Welt von Genres und Subgenres und sogar Sub-Subgenres ist.« In Ed McBains »Romanze« protestiert Fat Ollie, als jemand ein Etikett auf das Buch kleben will, das er gerade schreibt: »Kein Procedural. Niemals Procedurals. Und auch nie Krimis. Es sind einfach Romane über Cops. Die Männer und Frauen in Blau und Zivil, ihre Frauen, Freundinnen,

Freunde, Geliebte, Kinder, ihre Erkältungen, Magenschmerzen, Menstruationszyklen. Romane.«

Vor Ed McBain und seinen Polizisten Steve Carella, Meyer Meyer (der bei Ken Bruen als Hund auftaucht), Bert Kling, Arthur Brown, Cotton Hawes, Hal Willis, Eileen Burke, Andy Parker, Ollie Weeks und all den anderen – über dreißig Figuren sind es insgesamt über die Jahre – gab es eher nur einzelne Cops in der Kriminalliteratur.

Lange vor Steve Carella war Vidocq. Die Memoiren dieses französischen Ermittlungsbeamten, der ein Berufsverbrecher gewesen war, wurden 1828/29 veröffentlicht, lesen sich spannend, sind aber kein Kriminalroman. Vautrin in Honoré de Balzacs Romanzyklus »Die menschliche Komödie« (1829 – 1850), war von Vidocq inspiriert, verwendet seine Methoden, wird in »Glanz und Elend der Kurtisanen« zum Chef der Pariser Sicherheitspolizei.

Einer der ersten Polizisten trat 1852 als Nebenfigur in Charles Dickens' »Bleak House« auf. Wie ein Jäger durch den Wald bewegt sich dort Inspektor Bucket in der Londoner Unterwelt. Wilkie Collins Briefroman »Der Mondstein« (1868) hatte einen Sergeant Cuff, war aber definitiv kein Polizeiroman. Im gleichen Jahr operierte, ebenfalls noch in einer Nebenrolle, Émile Gaboriaus »Monsieur Lecoq«. Der Einfall, im ersten Teil des Buches das Verbrechen und im zweiten dann die Aufklärung zu zeigen, fand viele Nachahmer, etwa Conan Doyle. Auch in vielen McBain-Romanen tauchen die Cops erst auf Seite 30 oder 40 auf.

1878 machte Anna Katharine Green den New Yorker Polizisten Ebenezer Grye zum Detektiv in »Mord in der Bibliothek«, sie war eine Mitbegründerin des amerikanischen Kriminalromans. Der einem tatsächlichen, chinesisch-hawaiischen Polizeiermittler nachgebildete reisefreudige Polizist Charlie Chan, erfunden von Earl Derr Biggers, wurde ab 1923 sehr populär und dann zu einer Filmfigur. Zehn Jahre später trat die Phantasiefigur Dick Tracy auf den Plan. Das Raubein Dick wechselte schon im ersten Jahr der Serie zur Polizei, sein Ziel war es, das Verbrechen in Chicago zu bekämpfen, teils mit futuristischen Hilfsmitteln wie einem Funkgerät mit Videofunktionen am Handgelenk oder futuristischer Flugmaschinen.

Einer der wenigen, die es in Sachen Produktivität mit EdMcBain/ Evan Hunter aufnehmen konnten, ja ihn in Sachen Cop-Romane übertreffen, war Georges Simenon, der als junger Journalist Polizeiermittlungen begleitet hatte. Sein Inspektor Maigret trat zwischen 1931 und 1972 in 75 Romanen und 28 Kurzgeschichten auf, zuerst in »Pietr le Letton«.

Seit 1923 mit Polizeigeschichten aktiv war das britische Autorenpaar Cole. Die beiden sind schuld daran, dass aus dem Widerstandskämpfer und Emigranten

Karl Anders der Verleger der Krähenbücher wurde, mit denen Hammett, Chandler und Ambler nach dem Zweiten Weltkrieg nach Deutschland kamen. Karl Anders studierte während des Krieges in Oxford, wurde von Margaret Cole zum Tee eingeladen, fand einen Stapel gerade erschienener Cole-Kriminalromane vor und eine unbefangene Diskussionsrunde, in der über solche Literatur debattiert wurde. Anders, der sein Exemplar abgelehnt hatte (»I don't read crime novels!«), wurde in diesem linken Akademikerhaushalt zum Kriminalroman bekehrt. G.D.H. Cole war ein libertärer Sozialist, Polittheoretiker, Ökonom, Historiker, Schriftsteller, Mitglied der Fabian Society. Zusammen mit seiner Frau Margaret schrieb er viele Detektivgeschichten mit den Polizisten Wilson und Blatchington. Seine Frau war eine geborene Postgate, ihr ebenfalls interessanter Bruder Raymond schrieb 1940 »Das Urteil der Zwölf«. Von Cole ist der Satz überliefert: »Hitler hat mich vom Pazifismus kuriert.«

In der goldenen Zeit des Kriminalromans aktiv, kann der Ire Freeman Wills Crofts (1879–1957) mit seiner Aufmerksamkeit für Details und die Mechanik der Detektion als Vorläufer der Ermittlungsprozedur, des »Police Procedurals" gelten. Chandler nannte ihn in seiner »Simplen Kunst des Mordes« den »solidesten Baumeister von allen, wenn er nicht zu überraffiniert wird«. Crofts hatte ein Faible für ingeniöse falsche Alibis, detaillierte Hintergründe seiner Personen, clevere

Geldgeschäfte seiner Kriminellen und mosaikhaft zusammengetragene Indizien. Sein Inspector Joseph French, der größte Polizeidetektiv des »Golden Age«, hatte zwischen 1924 und 1957 viele Auftritte. Dieser einfache, no-nonsens Cop aus der Mittelschicht war das erste Gegenprogramm zu den exzentrischen Amateurdetektiven, die den englischen Kriminalroman prägten, er stand im Kontrast zu solch glamourösen Edelschnüfflern wie Dorothy L. Sayers Lord Peter Wimsey, Margery Allinghams Albert Campion and Ngaio Marshs Roderick Alleyn, der zwar ein Cop ist, aber ziemlich geziert. 1936 warb Crofts amerikanischer Verlag damit, dass der Autor seinen Inspector French »bewusst als Gegensatz zum theatralischen und exzentrischen Spürhund angelegt« habe und »ein Vorbild an Gründlichkeit, Beharrlichkeit und Arbeitswillen« sei. Eine Figur der Mittelschicht also. Es schockte damals noch, wenn French etwa in »Mystery in the Channel« erklärte: »Verdammich auch, jetzt könnt ich eine Flasche Bier brauchen.« Der Mythos von Scotland Yard als investigative Maschine, der kein Verbrecher entgeht, hat weit mehr mit Freeman Wills Crofts zu tun als mit Richard Horatio Edgar Wallace, dem Lieblingsautor Konrad Adenauers und Stofflieferanten zwar kultiger, aber ultrabiederer Polizeifilme.

Als »Humdrums« bezeichnete Julian Symons 1972 in seiner Studie »Am Anfang war der Mord. Eine Geschichte des Kriminalromans« solche altbackenen Polizeiromane.

»Snobbery with Violence« (etwa: Aufgeblasenes mit Gewalt) betitelte Colin Watson 1987 seine Studie der britischen Kriminalliteratur nicht von ungefähr.

»Was würde man sagen, wenn man einen Arzt heranbilden und auf die Menschheit loslassen würde, ohne ihm einen Kranken oder das Innere eines Menschen gezeigt zu haben, wenn man ihm viel erzählt, ihm aber nichts davon gezeigt hätte, wenn ihm Medikamente und ihre Wirkung ebenso wenig vorgeführt worden wären als alle Erscheinungen am gesunden und kranken Organismus – kurz wenn man ihn so unterrichtet hätte wie man einen Juristen erzieht, mit Büchern und Vorlesungen. Der Jurist absolviert seine Studien, macht seine Prüfungen und tritt an die praktische Tätigkeit, ohne einen Verbrecher oder das gesehen zu haben, was der Verbrecher macht und tut. Das Jusstudium muss durch eine realwissenschaftliche Lehre vom Verbrechen und von ,dem' Verbrecher ergänzt werden.«

Diese Forderung erhob im Jahr 1900 der Untersuchungsrichter und Strafrechtler Hans Gross (1847 – 1915), 18 Jahre lang kämpfte er um die Etablierung der Kriminologie als Wissenschaft. 1894 erhielt er vom Landesverteidigungsministerium den Auftrag, Gendarmerieoffiziere auszubilden. Daraus entstand das »Lehrbuch für den Ausforschungsdienst der k.k. Gendarmerie« – das weltweit erste Handbuch für die Polizeiermittlung. 1901 erschien seine »Enzyklopädie der

Kriminalistik« und nach langen Mühen gelang es 1912, das »K.k. Kriminalistische Institut an der Universität Graz« zu gründen. Es war das weltweit erste Institut solcher Art und wurde als die »Grazer kriminologische Schule« auf der ganzen Welt bekannt. Einer der Schüler von Gross, noch in Prag, war übrigens Franz Kafka, der sich dann in »Das Schloss« oder »In der Strafkolonie« mit juristischen Themenbereichen auseinandersetzte.

Helen Reilly befasste sich gründlich mit den Werken von Gross und recherchierte auch bei der New Yorker Mordkommission, ehe sie ab 1930 einige Bücher über einen Inspektor namens Christopher McKee schrieb. Sie gehörten zu den ersten, die echte Polizeiarbeit ausführlich darstellen, etwa »McKee of Centre Street« (1934). Ihr Roman »The File on Rufus Ray« (1937) enthielt Faksimiles von Knöpfen, Fotografien, Asche und anderen Beweisstücken. Auch McBain spickt seine 87er-Romane öfter mit Dokumenten und Zeichnungen, in den deutschen Taschenbuchausgaben aber wurden sie öfter unterschlagen.

Polizeiromane, in denen die Ermittlungsarbeit der Polizei selbst zum Thema wird und teilweise aus der Cop-Perspektive erzählt wird, waren noch Ausnahme, als 1942 ein Engländer einstieg. John Creasey (1908 – 1973) war der vielleicht produktivste Krimi-, Spionage- und Sciene-fiction-Autor des letzten Jahrhunderts. Unter 28 Pseudonymen schrieb er mehr als 600 Romane, darunter als Jeremy York von 1942 bis 1948 eine elfteilige Serie mit Superintendent Folly. 1938 erfand er »The Toff« (britischer Slang für einen Adligen), ließ den Ehrenwerten Richard Rollison als Amateurdetektiv in 59 Büchern ermitteln. Sein Nachbar, ein pensionierter Detektiv von Scotland Yard, forderte ihn auf, »doch über uns zu schreiben, wie wir sind«. Das Resultat war 1942 »Inspektor West muss handeln«, der erste von mehr als 40 Romanen mit Chief Inspector Roger West von der London Metropolitan Police. Sie waren unüblich realistisch, die Plots aber oft überaus melodramatisch. Um legale Probleme zu umschiffen, gab es einen amateurdetektivischen Freund, der auch krumme Sachen machen konnte. Solch ein Duo wurde beliebt in der Cop-Literatur.

In den 1930ern erfand Creasy als hardboiled-Figur einen FBI-Agenten namens Lemmy Caution, widmete ihm zehn Romane. Angespornt vom Fernseherfolg der US-Serie »Dragnet« und der britischen Serie »Fabian of the Yard«, begann er 1955 als J. J. Marric eine »down to earth«-Reihe, in der Police Commander George Gideon von Scotland Yard damit beschäftigt ist, mehrere nicht miteinander zusammenhängende Ermittlungen seiner Untergebenen zu koordinieren. So entsteht darin ein komplexes Bild von Polizeiarbeit. Es wurden 21 Romane, der populärste, »Gideon of Scotland Yard«, wurde zur Basis für die Fernsehserie »Gideon's Way« und kam von John Ford verfilmt ins Kino. »Das erste Feuer« gewann 1961 einen Edgar. Die Romanreihe half

dabei, eine aus mehreren autonomen Strängen beste-
hende Erzähllinie im Kriminalroman zu etablieren.

Lawrence Treat legte zwischen 1945 und 1956 acht
Polizeiromane vor, in denen die Kriminalfälle von
einem Cop namens Mitch Taylor und dem Labortech-
niker Jub Freeman gelöst wurden. Dieser sagt: »Ich will
den Schuften zeigen, was das Labor kann.« Wie Joe
Friday und Frank Smith in »Dragnet« arbeiteten sie
mit Beschattungen, Zeugenbefragung und Vernehmen
von Verdächtigen und eben mit dem Polizeilabor. Der
Rechtsanwalt Treat (eigentlich Lawrence Arthur Gold-
stone) etablierte 1940 eine Krimiserie mit dem Krimi-
nologen Carl Wayward. Auch er hatte seinen Hans
Gross gelesen. 1945 war er einer der Begründer der
Mystery Writers of America. Treat sortierte seine Titel
nach dem Alphabet, etwa »D as in Dead« (1941). Er
dementierte zwar, dass er mit »V as in Victim« (1945)
das »Police Procedural«, wie wir es heute kennen, etablieren wollte. Für ihn war es nur eine Geschichte.
Aber die Details sind richtig – und vor allem: Der Ton
stimmt. Er hatte mit Polizisten in Kneipen herumge-
hangen, Zeit auf der Wache verbracht. Seine Cops
haben ihre Sprache, Sprüche, Witze und Geschichten,
sie teilen eine gemeinsame berufliche Auffassung, es ist
ein Job, sie mögen den Papierkram nicht, und ihre
Büros sind schäbig. Sie sind Polizisten. Für das Ende
freilich vertraute er nach wie vor auf das Kaninchen
aus dem Zylinder der goldenen alten Zeit.

Als erster Zivilist erhielt 1948 der renommierte Autor und spätere Pulitzer-Preisträger MacKinlay Kantor vom New Yorker Polizeichef die unbeschränkte Erlaubnis, seine Beamten zu begleiten. Kantor wählte sich das 23. Revier, zu dem die reichen Häuser der oberen Park Avenue ebenso gehörten wie die Slums von East Harlem, war 15 Monate vor Ort. Das Resultat war der Roman »Signal Thirty-Two« (1950), der von zwei ungleichen Polizisten, von ihren Kollegen, von Arbeit und Routine und ihrem Privatleben erzählt, teils in ausufernden inneren Monologen. Probleme, Sprache und Transgressionen erscheinen heute harmlos. Es gibt Gesetzesübertretungen, aber keinen Mord, einfach das Bemühen um Realität.

Ebenfalls mit dem ersten richtigen »Police Procedural« in Verbindung gebracht wird Hillary Waugh, besonders mit »Last Seen Wearing« von 1952 (dt. »Eine perfekte Indizienkette«). Eine Studentin verschwindet, der Fall steht mit einem weiteren Mord in Verbindung. Der Fokus liegt aber nur halb auf der Polizei, die Dialoge sind ellenlang und ermüdend, die Geschichte gefangen in den Konventionen der Detektiverzählung. Und: Es ist eine verschlafene Kleinstadt. Stockford, Connecticut, mit 8.000 Einwohnern.

Erst allmählich kam nach dem Zweiten Weltkrieg die Gehirnakrobatik der Meisterdetektive aus der Mode. Es gab einen Bedarf nach Wirklichkeit, nach weniger Glamour. Die Wochenschauen der Kriegszeit, die billig und schnell produzierten, manchmal nur hin getuschten Geschichten des Film Noir, die Aktualität des Radios und des aufkommenden Fernsehens machten das Reportagehafte und Semidokumentarische attraktiv. Nach all den großen Worten und dem Pathos des Krieges gab es einen Hunger nach kleineren, »echten« Dingen. Die Behandlung echter Kriminalfälle, an authentischen Schauplätzen gedrehte Filme trafen einen Nerv. So entstanden Filme wie »The Naked City« (1948), »The Street with No Name« (1948), »T-Men« (1947, das Drehbuch übrigens von einer Frau: der heute zu Unrecht vergessen Virginia Kellogg) oder »Border Incident« (1949). Polizei und FBI hatten ein Interesse, ihre Arbeit dargestellt zu finden, wirkten mit, trafen sich mit dem Bedürfnis nach Normalität und Ordnung. Cops waren oft Kriegsveteranen – das ist eine eigene, immer noch viel zu wenig beachtete Geschichte –, sie hatten »alles« gesehen. Sie konnten es aufnehmen mit einer aus den Fugen geraten(d)en Welt. Na ja, meistens.

»Hell is a City« heiß der vierte Cop-Roman des ehemaligen englischen Polizeibeamten Maurice Procter, der deutsche Titel verharmloste: »Irgendwo in dieser Stadt«. Das Bild der Hölle als Stadt taucht in vielen Amerikaberichten namhafter europäischer Schriftsteller der Nachkriegszeit auf, man denke etwa an »Rattenfalle Amerika« von Jacques Lanzmann. Procter schrieb 1951 mit »The Chief Inspector's Statement« den vermutlich ersten richtigen Polizeiroman (deutscher Titel hier:

»Mord im Kuckuckswald«). Dies nicht nur, weil er selbst Polizist war, sondern weil er den Ermittler durchgängig in seinem beruflichen und privaten Leben begleitete. Vor einem Cop, so zeigt das Buch, hat jeder etwas zu verbergen, muss man immer skeptisch und am Ball sein, über Erfahrung verfügen und Informationen verknüpfen können. Das Buch besaß eine weitere Qualität: Die Charaktere hatten menschliche Seiten und Schwächen. Wie Lawrence Treat bewies Proctor bereits eine Nase für das Grimmige und das Komische des Berufes.

Mit zu den Paten des Polizeiromans gehört auch das 1949 auf die Broadwaybühne gebrachte Stück »Detective Story« des Pulitzer-Preisträgers Sidney Kingsley, 1951 von William Wyler mit Kirk Douglas als *Film Noir* im Reportagestil verfilmt. Kingsley war zuvor mit »Men in White« über eine Krankenhaus-Crew erfolgreich gewesen, nun destillierte er einen sorgsam recherchierten normalen Arbeitstag in einer New Yorker Polizeistation zu einem Alltagsdrama, zeigt eine fremde, nicht zugängliche Arbeitswelt auf der Bühne. Das Stück wurde als »Polizeirevier 21« auch auf ost- und westdeutschen Bühnen gezeigt. Theo Mezger verfilmte es 1963 mit Heinz Bennent und Konrad Georg, es wurde einer der achtbarsten deutschen Polizeifilme.

Procter war nicht der erste und letzte Cop, der zum Romanautor wurde. Richard Edward Enright gehörte dazu, New Yorks Polizeichef von 1918 bis 1925, dessen Detektivgeschichte »Inside the Net« 1924 verfilmt wurde. Sein erster Roman »Vultures of the Dark« war geschäftlich ein Erfolg, die Cop-Geschichte darin ging jedoch in einer Romanze unter. Nr. 2, »The Borrowed Shield«, verkaufte sich schlechter, kurzzeitig gab er ein Pulpmagazin namens »Police Stories« heraus. Einer seiner Aufsätze verlangte:

»Jeder sollte mit seinen Fingerabdrücken registriert werden!« Eine seiner Redewendungen als Polizeichef hielt sich lange: »Große Fälle, große Probleme. Kleine Fälle, kleine Probleme. Keine Fälle, keine Probleme.«

1933 gab es »P.C. Richardson's First Case«, verfasst von Sir Basil Thomson, ehemals Assistant Commissioner of Scotland Yard, sowie die Story-Sammlung »Policeman's Lot« des früheren Buckinghamshire High Sheriff und Friedensrichters Henry Wade. Der, ein echter Baronett des Namens Henry Lancelot Aubrey-Fletcher ließ seinen in Oxford erzogenen, standesbewussten Inspector Poole in der englischen Provinz ermitteln. Oft schauderte es Poole vor dem Horror der Verbrechen niederer Stände. Klarer Fall von »Humdrum«.

Ein Jahr vor McBains Türöffner »Cop Hater« (1956, dt. als »Blutiger Asphalt«) begann der versierte Pulpwriter Jonathan Craig eine hartgesottene Polizeiserie mit Pete Selby vom 6. Revier in Manhattan. Auf »The Dead Darling« (1955) folgten »Morgue for Venus« (1957), »Case of the Cold Coquette«, »The Case of the Nervous Nude«, »Case of the Village Tramp« und weitere aufs Schlüpfrige zielende Titel. Inhaltlich konnte er mit McBain nicht mithalten, was die Storyvielfalt, die Anzahl der Charaktere und den innovativen Gebrauch dokumentarischen Materials anging. Er war lesbar, schnell und hart, aber eben nicht gut genug.

Aus dem Jahr 1964 stammt Dorothy Uhnaks autobiographischer Roman »Policewoman«, im Untertitel »A young woman's initiation into the realities of justice«. Die New Yorkerin ist damit eine Begründerin des »Police Procedural« aus weiblicher Sicht, ein damals aufkommendes Subgenre. »A strange world, a terrible world, a familiar world« oder »I have grown hard, and my heart has turned to stone« heißen zwei der Kapitelüberschriften. Lillian O'Donell dann führte ihre Heldin Norah Mulcahaney vom NYPD ab 1972 durch eine Romanze, eine nicht unproblematische, aber gute Polizistenehe und nach acht Büchern in das Witwentum, als ihr Ehemann und Kollege im Dienst getötet wird.

»Als einzelne waren sie sehr verschieden, aber sie alle hatten Gemeinsamkeiten – eine unglaubliche Hartnäckigkeit, unendliche Geduld und eine unbegrenzte Belastbarkeit mit harter und stumpfsinniger Arbeit. Für sie gab es keine gute Spur oder eine schlechte. Eine Spur war eine Spur war eine Spur, etwas, das es bis ans Ende zu verfolgen galt, ob hoffnungslos oder nicht.«

So hieß es 1969 auf dem Schutzumschlag von »The Last Doorbell« (dt. »Hinter der letzten Tür«). Autor dieses

Cop-Romans ist der heute vergessene Joseph Harrington, ein ehemaliger Zeitungsreporter, der drei Kriminalromane über die Cops von New York schrieb. Der Klappentext bringt auf den Punkt, was »Police Procedural« bedeutet. Mehr als 25 Jahre ist es her, dass jemand zuletzt einen größeren Versuch unternahm, sich einen Überblick über den Polizeiroman zu verschaffen. Die Bibliothekarin Jo Ann Vicarel listete 1993 auf über 400 Seiten insgesamt 1.115 Romane von 271 Autoren auf. Das war, bevor die Welt der Serien mit Cops explodierte.

Der Filmemacher Dominik Graf sagt: »Ich fühle mich angesichts des Gefangenseins der Polizistenfiguren im Spinnennetz von Recht und Gesetz, in Hierarchien, in Abhängigkeiten, in verqueren Ego-Sehnsüchten doch meistens zu Hause. Ich finde, Polizisten haben die Chance, noch wesentlich ambivalentere Figuren zu sein als Gangster.«

Ken Bruen zeigt, warum das so ist.

Zitierte Literatur:
Michael Connelly (Hg): *The Blue Religion*. New Stories About Cops, Criminals, And the Chase. New York, 2008. Zitat aus dem Vorwort.
Richard E. Enright: *Everybody Should Be Fingerprinted*, Scientific American 133, Oktober 1925.
Jo Ann Vicarel: *A Reader's Guide to the Police Procedural*, G.K. Hall & Co, New York 1995